선생님은
멘탈 업데이트 중

선생님은 멘탈 업데이트 중

교실 속 고군분투 마음 성장기

초 판 1쇄 2025년 12월 19일

지은이 심효은, 이승현, 이선아, 이윤정, 허채란, 이고은, 정예진, 전수민, 조승연, 신진선
표지 일러스트 조주혜
펴낸이 류종렬

펴낸곳 미다스북스
본부장 임종익
편집장 이다경, 김가영
디자인 윤가희, 임인영
책임진행 김은진, 이예나, 김요섭, 안채원, 국소리

등록 2001년 3월 21일 제2001-000040호
주소 서울시 마포구 양화로 133 서교타워 711호
전화 02) 322-7802~3
팩스 02) 6007-1845
블로그 http://blog.naver.com/midasbooks
전자주소 midasbooks@hanmail.net
페이스북 https://www.facebook.com/midasbooks425
인스타그램 https://www.instagram.com/midasbooks

ISBN 979-11-7355-624-1 03810

값 19,000원

미다스북스는 다음세대에게 필요한 지혜와 교양을 생각합니다.

선생님은
멘탈 업데이트 중

교실 속 고군분투 마음 성장기

심효은

이승현

이선아

이윤정

허채란

이고은

정예진

전수민

조승연

신진선

미다스북스

책의 문장 하나하나를 읽을 때마다 교실 바닥의 분필 가루, 늦은 밤 교무실의 불빛, 그리고 그 안에서 버티던 누군가의 마음이 떠올랐습니다. 『선생님은 멘탈 업데이트 중』은 교사의 마음을 다독이는 책입니다. 교사는 매일 흔들립니다. 이 책에 등장하는 열 명의 교사는 흔들림을 부끄러워하지 않습니다. 그들은 자신이 무너졌던 순간을 숨기지 않고 기록합니다. 견디고 버티며 다시 일어서는 모습을 담담하게 보여줍니다. 흔들리는 마음을 책상 위에 조심스레 펼쳐놓듯 열 명의 교사가 고백하는 자신의 하루가 누군가에게는 따뜻한 위로가 되고, 누군가에게는 다시 걸어갈 용기가 될 것입니다.

『대통령의 글쓰기』, 『강원국의 인생 공부』, 『강원국의 책쓰기 수업』 저자 **강원국**

오랫동안 선생님들의 수업 곁에 머물며 깨달은 것이 있습니다. 좋은 수업은 화려한 기술이 아니라, 선생님의 단단한 마음에서 시작된다는 사실입니다. 하지만 매일 수십 개의 눈동자와 마주하며 온 마음을 쏟아내는 교단에서, 정작 선생님 자신의 마음을 돌볼 시간은 턱없이 부족하다는 것도 잘 알고 있습니다. 이 책은 열 명의 선생님이 용기 내어 꺼내놓은 내면의 고백이자, 치열한 성찰의 기록입니다. 이곳에는 완벽하지 않아 부끄러웠던 순간, 아이들에게 상처받아 흔들렸던 날들, 그리고 다시 아이들을 믿기로 결심하며 흘렸던 눈물까지, 교실 뒷문에 숨겨두었던 솔직한 이야기들이 가감 없이 담겨 있습니다. 저는 이 글들이 참으로 귀하다고 생각합니다. 자신의 수업을, 아이들을, 그리고 무엇보다 '나 자신'을 정직하게 돌아보는 힘이 담겨 있기 때문입니다. 선생님들은 넘어지고 깨지는 순간을 실패라 부르지 않고, 다시 한 걸음을 내딛기 위한 배움의 과정으로 만들어냈습니다. 그 진솔하면서도 힘 있는 목소리를 담은 글들을 읽고 있노라면 '나만 힘든 게 아니었구나'라는 안도감과 함께, 다시 마음의 문을 열고 한 발 나설 용기를 얻게 됩니다. 이 책이 지친 선생님들의 마음에 따뜻한 안부 인사가 되기를 바랍니다. 책장을 넘기는 시간을 통해 잊고 있던 자신의 감정과 마주하고, 스스로를 다정하게 돌보는 시간이 되었으면 좋겠습니다. 그리하여 우리가 다시 서로의 어깨를 내어줄 수 있는 여유를 찾게 되기를, 또 내일 다시 아이들의 이름을 부를 힘을 얻을 수 있기를 소망합니다. 흔들리면서도 끝내 자리를 지키는 모든 선생님께, 깊은 존경과 응원을 담아 이 책을 권합니다.

『교사의 성장을 돕는 수업 코칭』 저자, 수업과성장연구소 대표 **신을진**

흔들림 없이 단단한 모습을 '완벽'의 동의어로 여길 때가 있었습니다. 맹렬한 열의로 앞만 보고 나아가는 것이 교육의 최선이라 생각한 때도 있었지요. 그러나 이내 깨달았습니다. 가끔은 스스로 세운 단단함이 마음의 벽이 되거나, 고단한 무게로 다가올 때가 있다는걸요.

이 책은 그 견고한 껍질을 깨고 나온 선생님들의 조용한 고백을 담습니다. 예측 불가능한 교실 상황에 휘청대고, 의외의 순간에 눈물을 터트리고, 학교 업무의 버거움에 당황하는 모습. 교실 속 나를 바라보는 수많은 시선을 마주하며 고민하고 방황하는 시간. 무결점의 모범 답안 대신, 저자들은 이 흔들림의 순간을 솔직하고 담담하게 털어놓습니다. 그 이야기가 제 삶 속 무수한 흔들림의 순간과 맞닿아 있어 한참 고개를 끄덕였지요. 그러나 글을 찬찬히 읽다 보면 이 고백이 나약함이 아니라 또 다른 종류의 강함이라는 걸 깨닫게 됩니다. 겨울 나뭇가지의 부드럽고 연약한 부분에서 가장 단단한 잎사귀가 솟아나듯, 저자들은 치열한 고민과 흔들림 속에서 한 걸음씩 더 성장해 갑니다. 굳건하거나 화려하지 않아도 나다운 모습이면 괜찮다는 믿음. 내 불완전함을 인정하고 앞으로 나아가는 용기. 저자들의 이야기는 완벽주의의 피로에 지친 모든 분께 위로를 건넵니다. '나의 이야기'를 활자의 세계로 펼쳐내기까지 치열하게 고민하고 방황했을 선생님들을 마음 깊이 응원합니다.

『그림의 말들』,『이 장면, 나만 불편한가요?』
『평범한 말들의 편 가르기, 차별의 말들』 저자 **태지원**

머릿속에 '선생님'을 떠올리면 자연스레 떠오르는 장면이 있습니다. 머리를 다정히 쓰다듬어주던 손, 가만히 등을 쓸어주던 온기. 이 책에는 그 사람을 닮은 열 명의 선생님들의 이야기가 담겨 있습니다. 『선생님은 멘탈 업데이트 중』은 삶을 한순간에 바꾸는 드라마 대신 우리가 발 딛고 살아가는 평범한 날들 사이의, 아주 작은 회복의 순간들을 비춥니다. 상처 받고 흔들리면서도 다시 교실 문을 열었던 용기, 아이의 웃음에 기대어 버텨낸 시간들, 실패라 여겼으나 사실은 조금 더 자라나 있던 밤들. 그 모든 회복의 조각들은 이 책 안에서 실패가 아닌, 더 나아가는 성장의 과정으로 새겨져 있습니다. 천천히 산책하듯 책을 따라 걷다 보면 이 책은 어느새 독자에게 가장 필요한 위로를 건네는 듯합니다. 다치고 깨진 하루는 흉터가 아니라 그 틈마다 스며드는 따스한 빛을 만나는 일이란 것을요. 어른도 어른이 되어가는 우리의 삶에서 언젠가, 아주 오래 전, 머리를 쓰다듬어주고 가만히 등을 쓸어주던 따스한 손이 먹먹하게 그리워질 때, 이 책에 담긴 손들이 읽는 이의 마음을 어루만져주는 다정한 온기가 되어주기를 바랍니다.

『당신의 사전』 저자 **김버금**

『선생님은 멘탈 업데이트 중』은, 매일 마음이 요동치는 교사들의 하루를 누구보다 다정하게 끌어안아 주는 책입니다. 흔들리면서도 다시 교실 문을 열고, 버거우면서도 아이들 앞에서 한 번 더 웃어 보이는 열 명의 교사들이 자신의 이야기를 솔직하게 기록했습니다. 이 책은 교사가 완벽하기를 요구하지 않습니다. 오히려 "흔들려도 괜찮다"는 사실을 조용히 되새기게 합니다. 하루에도 몇 번씩 마음의 에너지가 떨어졌다가 다시 켜지고, 어떤 날은 '버티기 모드', 또 어떤 날은 '성장 모드'로 살아가는 교사들의 진짜 마음이 담겨 있습니다. 책을 읽다 보면 마음이 힘겨웠던 순간들이 단지 나만의 문제가 아니었음을 깨닫게 됩니다. 사소한 말에 무너지고, 작은 변화에 울컥하며, 학생의 한 문장에 다시 살아나는 장면들은 교사라면 누구나 겪는 마음의 풍경입니다. 그리고 바로 그 흔들림이 우리가 성장하고 있다는 신호임을 저자들은 담담하게 들려줍니다. 교육을 사랑하는 이들에게, 삶을 버티고 있는 이들에게, 그리고 오늘 마음이 조금 복잡한 이들에게 이 책은 무겁게 쌓인 마음 위에 놓이는 작은 숨 한 번, 조용한 위로 한 줄입니다. 오늘 흔들린 선생님도, 내일 다시 교실로 걸어갈 힘을 찾을 수 있기를 바랍니다.

『개념연결 초등 세계사 사전』 저자, 교사성장학교 대표 **이종관**

교사의 하루는 예측하기 어렵습니다. 어떤 날은 아이들의 웃음이 마음을 가볍게 들어 올리고, 어떤 날은 말 한 줄, 눈빛 하나에 조용히 흔들리기도 하지요. 교사는 그 미세한 흔들림 속에서 하루를 견디고 또 살아냅니다. 누군가는 처음 회의감과 마주했고, 누군가는 관계의 벽 앞에서 잠시 멈춰 섰습니다.

우리의 이야기는 영웅담이 아닙니다. 그저 교사의 마음이 어떻게 흔들리고, 어떻게 다시 일어설 수 있었는지를 담은 작은 기록입니다. 교사를 단단하게 묶어 앞으로 밀어주는 것은 대단한 성과가 아니라 수업이 끝난 뒤 아이가 남긴 짧은 한 문장, 복도를 지나며 스치듯 만난 아이의 밝은 표정. 그런 아주 사소한 순간들입니다. 작은 장면들이 마음을 기울이고, 다시 세우고, 때로는 살려냅니다.

혹시 오늘, 선생님의 마음도 조금 흔들렸나요? 그 흔들림 때문에 자신을 탓하지 않아도 됩니다. 흔들린다는 것은 여전히 누군가를 향해 마음을 쓰고 있다는 뜻입니다. 마음을 쓰는 사람만이 성장합니다. 이 책이 선생님에게 잠시 숨을 고르는 쉼이 되었으면 합니다. 조금 쉬었다 가셔도 괜찮습니다. 내일 교실 문을 다시 열기 위해, 조금은 가벼워진 마음을 품고 들어설 수 있도록 아주 조용히, 그러나 강렬하게 스며들기를 바랍니다.

　선생님을 조용히 응원합니다.

2025. 12. 19.
심효은, 이승현, 이선아, 이윤정, 허채란,
이고은, 정예진, 전수민, 조승연, 신진선

선생님은 멘탈 업데이트 중

목차

2부　성장 멘탈 업데이트 중

1부

회복 멘탈
업데이트 중

세월을 꾹꾹 밟으며 알게 된 것이 있습니다. 나에게 다정한 일은 어쩌면

연습이 필요하다는 것을요. 그리고 의식하지 않으면 소중한 나에게서

멀어지기 쉽다는 것을요. 나에게 가치 있는 일이 무엇인지, 나를 함박웃음

짓게 하는 것은 무엇인지, 어떤 사람과 같이 있을 때 편안함을 느끼는지를

눈여겨 살펴야 합니다. 그리고 나에게 전하는 내면의 말 태도는 언제나

다정해야 합니다. 그것이 세상을 잘 살아가는 방법이었습니다.

교사의 날들

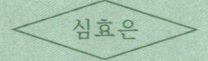

심효은

괜찮아요.
오늘 흔들리고 있다면 그것은
더 좋은 교사가, 더 단단한 사람이
되어가고 있다는 신호니까요.

처음, 설레는 날

동그란 원 안에 '처음'이라는 단어를 적어 봅니다. 한참 동안 가만히 들여다봅니다. 설렘, 반가움, 두려움, 불안감이 차례로 떠오르네요. 점점 선명해진 언어들은 마음 밖으로 불쑥 튀어나옵니다. 애써 외면하려 하지만, 결국에 그것을 다독이고 안아야 할 사람은 바로 저였네요.

교사는 매년 '처음'과 만납니다.

삼월, 개학 후 아이들과 마주하는 첫 수업 날이죠. 그날을 위해 치밀하게 작전을 세워 보지만 이상하게도 두려움이 먼저 자랍니다. 첫 만남을 잘하고 싶은 마음이 크기 때문이에요. 빈틈없이, 그리고 완벽하게 아이들이 수업 속으로 퐁당 빠져들기를 바랍니다. 단 한 명의 낙오자도 없이. 그것은 아마 모든 교사의 '꿈'일 거예요.

첫 만남을 위한 준비를 가득 채우다 보면 어느새 두려움과 불안은 조금씩 작아집니다. 그 시간 동안 교사는 아이들과 마음으로 만납니다. 아이들의 웃음을 상상하며 마음속으로 먼저 만나 봅니다.

D-Day, 첫날을 위한 꾸밈을 하고, 수업 준비물을 챙깁니다. 교실로 향하는 발걸음에는 어느새 설렘만 가득합니다. 이제, 늘 찾아오는 첫 만남의 부담감에 익숙해진 21년 차 교사가 되었거든요. 처음부터 그랬던 건 아니었어요. 많은 시행착오가 있었죠.

첫 발령을 받고 몇 년 동안은 아이들 앞에서 웃지 않으려고 애썼어요. 쉬워 보일까 봐요. 앳된 얼굴에 아이라이너를 두껍게 색칠하고, 어울리지 않게 어른스러워 보이는 옷을 입었죠.

그땐 아이들과의 관계나 소통보다는 쉬워 보이지 않는 것, 그것이 교사의 권위라고 생각했어요. 카리스마 있는 교사, 어려 보이지 않는 교사이고 싶었던 거죠.

교실 안에서의 저는 행복했을까요?

전혀요. 본 모습을 가려둔 채 어색한 말투와 눈빛으로 오십 분 동안 전혀 맞지 않는 호흡을 하고 나면 진이 다 빠졌어요. 아이들과는 계속해서 서먹했죠. 수업의 권위는 끝내 생기지 않았답니다.

어느 날 학교 복도를 지나다가 아이들끼리의 대화를 듣게 되었어요. 작게 소곤거리던 그 말이 얼마나 크게 들리던지요.

"우리 샘은 뭔가 불편해. 정이 안 가."

순간 얼굴이 화끈거리고 뒤통수가 따끔했습니다. 첫날의 분위기를 이어가느라 늘 무표정했고, 아이들의 다가옴에는 일부러 무심하게 반응했거든요. 이 글을 쓰면서도 얼굴이 화끈거리네요. 아주 먼 이야기지만 소곤거리는 소리가 무척 크게 들리던 그 순간이 강하게 새겨진 모양입니다.

잘못된 판단으로 보낸 초임 교사 시절의 키워드는 바로 '카리스마 흉내 내기'였답니다.

지금은 알고 있어요. 아이들과 소통하고, 공감하며, 함께 이야기를 나누는 첫 만남이 무엇보다 소중하다는 것을요.

앞으로 선생님을 기다리는 '첫 만남'은 몇 번이나 더 올까요?

첫 만남은 늘 우리를 떨리게 하지만, 그 떨림이 있기에 아이들을 더 들여다보는 교사가 됩니다.

선생님의 첫 만남.

마음 한편의 두려움은 살며시 옅어지고 피어오르는 설렘이 그 자리를 채우기를. 모든 '처음'이 두려움보다 빛이기를 조용히 응원합니다.

3월, 어색한 시작

3월, 학교의 첫 시작은 누구였을까요?

아침을 가장 먼저 시작한 학생일까요? 개학 준비로 밤잠을 설친 선생님일까요? 아니면 늘 자리를 지켜 주시는 지킴이 선생님일까요?

해가 떠오를 무렵, 어스름한 공기를 가르며 누군가는 가장 먼저 교문을 열었겠지요. 잠시 뒤, 아이들의 재잘거림이 적막을 깨우고, 학교는 비로소 안도의 숨을 쉽니다. 학교는 아이들이 있어야 비로소 살아나니까요. 아이들이 꾹꾹 밟는 발걸음에 교정이 들썩이고, 그 들썩임에 봄꽃은 서둘러 눈을 뜹니다.

어쩌면 봄꽃은 아이들의 웃음인지도 모르겠어요. 웃음이 쌓여 만개하는 순간, 꽃비처럼 흩날리는 웃음을 맞으며 우리는 봄을 만납니다.

늘 수업이 그랬으면 해요. 웃음으로 들썩이고, 배우는 일이 즐거워 미소가 번지는 수업. 그 안에서 의미를 발견하고 단단해지기를, 한 발한 발 세상과 가까워지며 좋은 사람으로 세상에 발 딛게 되기를요.

새 학기를 준비하며 저에게 묻습니다. '아이들에게 지금 가장 필요한 배움은 무엇일까?' 방학 내내 붙잡고 있던 질문의 답은 개학 날까지 여전히 풀리지 않습니다. 개학 후 첫 주는 그 답을 찾아가는 시간입니다. 아이들의 성향을 읽고, 수업의 결을 단장하는 며칠은 저에게도 새로운 배움의 시간입니다.

답을 찾기 위해 시간을 충분히 써야 한다는 걸 압니다. 시간을 덜 들이면 원하는 수업의 그림은 절대 나오지 않는다는 것도요. 공을 들일수록 수업은 편안해지고, 그 편안함이 아이들의 마음을 열어 줍니다. 그래서 오늘 밤도 길어질 거예요. 공을 들여야 하거든요. 내일은 어떤 결의 공기 속에서 아이들과 호흡하며, 또 어떤 색의 에너지를 만들어 낼지 상상합니다.

삼월의 교실, 꽃샘추위가 완전히 가시기 전까지는 어색합니다. 새로 만난 친구들, 신입생, 전입한 선생님, 낯선 업무와 익숙하지 않은 수업까지. 새로움에는 설렘만큼이나 불편함과 어색함이 따릅니다. 점심시간, 전입해 온 선생님의 젓가락 끝에서 조심스러움이 묻어나던 순간처럼 말이죠.

서로를 알아가고, 마음을 여는 데는 시간이 필요하다는 것을 봄은 언제나 잊지 않게 해 줍니다.

봄꽃을 기다립니다. 지난해 꽃비를 맞으며 웃던 아이들의 얼굴이 눈에 선합니다.

꽃이 필 무렵이면 모두 조금은 편안해져 있을 거예요.

심효은 교사의 날들

꽃이 피고, 웃음이 피어나는 봄.

그때쯤이면, 아이들이 수업에 푹 빠져 있기를 기대해 봅니다. 저 또한 아이들에게 한 걸음 더 다가가 있을 거예요. 아이들의 이름을 애써 기억하려 하지 않아도 자연스럽게 부를 수 있을 거예요. 상상만으로도 달콤합니다.

봄날의 어색함은 그렇게 조금씩 옅어지고, 어느새 가장 빛나는 계절로 기억될 것입니다.

쓰임이 기쁘다는 것

    하루의 날들에서 의미를 찾지 못해 무색의 '물' 같은 순간이 올 때면 문득 타인의 삶이 궁금해집니다. "무엇을 위해 사시나요?" 사람들은 참 다양한 반응을 보여요. 곧장 단호하게 한 가지를 말하는 사람, 오래 망설이다가 겨우 한 가지를 꺼내는 사람, 그리고 여러 이유를 길게 늘어놓는 사람까지. 말하는 이의 눈빛과 표정, 말투는 제각각이고, 그 속에 담긴 삶의 색도 모두 다릅니다.

    "가족을 위해 살아요."

    이 말은 참 멋졌어요. 누군가를 위해 산다는 건, 그 자체로 의미 있는 일이니까요.

    "요즘 왜 사는지 잘 모르겠어요."

    그 말을 들을 땐 저도 모르게 고개를 숙였습니다. 어쩌면 우리가 자주 느끼는 감정일지도 몰라요. 스무 살로 돌아가 다시 살고 싶다고 말하는 사람, 자아실현을 위해 산다고 당당히 말하는 사람, 그리고 취미 생활이 삶의 낙이라며 두 눈이 반짝이기도 했습니다.

23

서로 다른 시간을 살아온 사람들이 학교라는 작은 울타리 안에 모여 한해, 혹은 여러 해를 함께 출렁입니다. 서로 다른 삶의 결이 스며들 듯 얽히는 순간 속에서, 우리는 서로의 시간을 나누며 조금씩 자라납니다.

　며칠 전, 문득 깨달은 것이 있었습니다. 누군가 기뻐하는 장면을 바라보던 순간이었죠. 목소리 톤이 높아지고, 눈빛은 또렷하게 반짝이며, 말들이 숨 돌릴 틈 없이 쏟아져 나왔어요.
　그 순간은 분명 '삶을 기뻐하는 순간'이었습니다. 바로 누군가에게 잘 쓰였을 때.
　그때 깨달았습니다. 잘 쓰인다는 것이 삶의 의미가 된다는 것을요. 여기서 중요한 것은 그 쓰임이 타인에게만이 아니라 자신에게도 의미 있는 기쁨을 주어야 한다는 것입니다. 어쩔 수 없이 해야 하는 일, 자발적이지 않은 쓰임, 혹은 마음이 따라오지 않는 억눌린 쓰임은 오히려 무기력함과 지침을 가져옵니다.

　반대로 스스로 아이디어를 내고, 계획을 세우고, 그 일에 온 힘을 기울였을 때, 우리는 자신을 믿게 됩니다. 가치 있게 여기는 일에 나를 온전히 쓰고 있다는 감각, 그때 사람들은 기뻐했습니다. 내가 어떤 일에 잘 쓰인다는 것, 누군가에게 긍정의 에너지로 닿는다는 것, 그것은 삶을 꽤 괜찮게 만듭니다.
　이렇게 말하는 사람도 있었어요. "애쓰지 마, 왜 그렇게 열심히 살아? 적당히 하자." 아이러니하게도 그 사람의 눈빛도 누군가에게 가치 있게 쓰일 때 가장 환하게 빛났습니다. 목소리는 경쾌해지고, 표정도 밝아졌습니다. 결국 나에게도, 누군가에게도 가치 있게 쓰일 때, 삶에 의미가 생긴다는 것을 알게 됩니다.

삶의 의미는 어쩌면 멀리 있지 않습니다. 멀리서 찾으려 할수록 흐릿해집니다. 가족을 위해, 돈을 위해, 자아실현을 위해 산다고 말할 수도 있지만, 결국 삶은 지금 내가 어디에, 어떻게 쓰이고 있는지에서 깊은 울림을 얻습니다. 쓰임이 기쁜 순간, 우리는 살아 있음을 느낍니다. 그리고 그 순간들이 모여 삶을 단단하게 만듭니다.

"오늘의 쓰임은 얼마나 반짝거리고 눈부셨나요?"

열심히 살면

열심히 살면 삶이 소중해집니다.

'열심'은 단순히 바쁘게 시간을 채우는 것이 아니라, '나에게 가치 있는 일에 몰입하는 순간'입니다. 그때 비로소 '열심'이란 단어는 의미를 갖습니다.

가치 있는 일은 무엇이고, 그 일을 찾는 것은 쉬운 걸까요?

저는 결코, 쉽지 않았습니다. 꽤 긴 시간이 필요했어요. 많은 세월, 아픔을 겪고, 또 치유되는 과정을 통해 조금씩 깨달을 수 있었죠. 이십 대에는 뭔가를 열심히 했지만, 그것이 무엇을 위한 열심이었는지, 정말 원하는 삶이 무엇이었는지를 알지 못했습니다. 남들이 하니까, 당연히 해야 하니까, 이것저것 하면서 시간을 흘려보냈거든요. 열심히 산 것 같았지만, 사실은 방황이었습니다.

삼십 대가 되니 추구하는 삶의 결이 조금씩 보이기 시작했어요. 그러나 결혼과 육아라는 새로운 환경은 다시 낯선 나와 만나게 했습니다. 아이가 태어나고 가족을 돌보는 일은 기쁨이었지만, 그 안에서 나를 들여다볼 틈이 없었습니다. 하루하루를 채우는 데 급급했고, 나를 위한 시간은 늘 뒤로 미뤄졌어요. 그 시절은 여전히 나를 알지 못하는 상태였습니다.

흐릿했던 시절을 보내고 만난 사십 대를 저는 '인생의 꽃'이라 부릅니다.

첫 번째 이유는 인생의 절반쯤을 살았다는 자각이 찾아왔기 때문입니다. 앞으로 얼마나 삶과 만날 수 있을지 알 수 없기에 남은 시간이 무척이나 소중하게 느껴집니다.

두 번째 이유는, 이십 대와 삼십 대가 허투루 보낸 시간이 아니었다는 사실을 알게 되었기 때문입니다. 그때의 실수와 후회, 나약했던 순간들은 지금의 저를 만드는 자양분이 되었습니다. 그 시간을 지나 마침내 나와 깊이 만날 수 있는 나이에 도착한 것입니다.

가끔은 두려움이 밀려옵니다. 나를 중심에 두는 시간이 많아지면서 혹시 내 생각만 옳다고 우기게 되는 건 아닐까? 경청과 공감의 능력이 줄어들어 어느새 '꼰대'가 되어 가는 건 아닐까? 깊은 성찰 끝에 곧 깨닫게 됩니다. 그런 불안보다 더 중요한 것은 나에게 가치 있는 무언가를 발견하고, 그것에 몰입하며 살아가는 시간 그 자체라는 사실입니다.

신규 교사 시절, 중심을 잡지 못했습니다. 부족함과 결핍을 느끼며, 교사로서 제대로 서지 못하고 있다는 불안이 마음을 채웠습니다. 육아휴직을 마치고 학교로 돌아왔을 때, 조금씩 달라지기 시작했습니다. '교사로서 단단하게 서고 싶다'는 갈망이 마음 깊은 곳에서 올라왔습니다. 그 간절함이 저를 움직였습니다. 수업을 통해 아이들과 의미를 찾으려 애썼습니다. 그 과정에서 만난 성취감은 정말 컸습니다. 하루를 버티게 하는 힘이 되었고, 다시 일어서게 하는 든든한 지지가 되었습니다. 하지만 돌아보면, 그때의 저는 여전히 단단한 중심을 갖지 못한 사람이었죠. 흔들리는 나를 붙잡는 대신, 열심이라는 힘만으로 버티려 했고 그 부하가 결국 번아웃으로 흘러갔습니다. 중심이 약한 열정은 결국 자신을 태우고 만다는 사실을 그때 처음 배웠습니다.

그 시절 누구도 만나고 싶지 않았습니다. 혼자 있었고, 우울감에 쌓여 삶과 정면으로 마주하는 일조차 버거웠습니다. 그해 봄날, 이러면 안되겠다 싶어 걷기 시작했습니다. 꽃이 피고, 연둣빛 잎사귀가 하루가 다르게 단단해지는 시기였습니다. 매일 조금씩 달라지는 모습은 마음을 설레게 했습니다. 겨우내 움츠렸던 자연이 조금씩 깨어나는 장면에서 놀라운 회복의 에너지를 받았습니다. 무엇보다 산책은 나와 만나게 했습니다. 나를 만나며 매일 조금씩 단단해졌습니다. 그리고 계속해서 나를 들여다보았죠.

"내가 지키고 싶은 삶의 가치는 무엇일까?"
"나는 왜 교사로 살아가고 있을까?"
"그리고 교사로 살아가는 힘은 어디서 오는 걸까?"

저의 답은 분명했어요. 교사에게 첫 번째인 수업이 행복해야 한다는 것, 수업으로 만나는 아이들이 수업에서 의미를 찾고 몰입하게 하는 것, 그리고 아이들이 사회로 단단하게 발 디딜 수 있도록 돕는 것. 그것이 제 삶의 가치였습니다. 그리고 알게 되죠. 교사인 저 역시 아이들의 성장과 함께 자란다는 사실을요. 수업 속에서 성장하는 것은 아이들만이 아니었습니다. 아이들이 수업에서 의미를 발견하고, 소통을 통해 창의적인 생각을 꺼내고, 서로 협력하며 성취를 맛볼 때, 저도 함께 성장했습니다.

오늘도 아이들은 교사의 삶을 뿌듯하게 만듭니다. 수업의 과정 속에서 의미를 발견하고 즐거워하는 모습, 뿌듯하게 결과물을 내는 모습, 서로를 위해 애쓰는 모습. 그 장면 하나하나에 빠져듭니다.

번아웃이 저에게 준 선물은 바로 삶의 가치, 삶의 방향과 직면하게 한 것이었습니다.

한때는 '열심히 살지 않는 삶'을 꿈꿨습니다. 그때 전 행복하지 않았어요. 그것은 제 삶의 가치와 정반대되는 길이었기 때문입니다. 제 삶의 에너지는 가치 있는 일을 위해 최선을 다하는 몰입에서 비롯되었습니다.

조금 더 들여다보니, 가치 있는 일이 또렷하게 선명해집니다. 누구든 주어진 시간에 힘껏 애쓸 수 있도록 코칭 하는 것. 그 대상이 학생일 수도, 동료일 수도 있습니다. 그들을 돕기 위해서는 제가 먼저 길을 닦아야 하고, 제 삶에 몰입해야 합니다. 그것은 결코 귀찮거나 피곤한 일이 아닙니다. 삶에 에너지를 주고 가슴을 벅차게 합니다.

하루를 열심히 잘 살았다고 말할 수 있는 순간, 삶에서 의미를 확인합니다.

"오늘은 어떤 일에 몰입하여 열심히 사셨나요?"

애쓰는 날

오랜 시간을 통해 이뤄야 하는 간절한 목표가 없습니다. 달콤하지만 멀리 있어 흐릿한 목표는 마음에 다가오지 않더라고요. 오 년이 걸리거나, 십 년이 걸리거나, 그 이상의 시간이 있어야 하는 목표들은 너무 흐릿해서 보이지 않잖아요. 그래서 당장 눈앞의 일을 목표로 촘촘하게 몰입합니다.

그것은 아이들과 함께 호흡해야 하는 내일의 수업이거나, 다음 주까지 제출해야 하는 보고서 이야기일 수 있습니다. 가까운 시일 안에 해내야 하는 일들이죠.

그것에 최선을 다하는 것입니다. 30분을 쓰더라도 몰입하여 시간의 효용 가치를 높이는 것이죠. 그렇게 최선을 다해 준비한 수업이 만족스럽거나, 온 힘을 다해 쓴 보고서가 좋은 성과가 있을 때, 그것이 달콤한 동력이 됩니다.

크게 거창한 게 아니라 실망하셨나요? 평범하지만 쉽지도 않은 일이죠.

31

분명 단언컨대 애씀과 몰입으로 얻은 좋은 결과는 그 어떤 것보다 달콤합니다. 선택과 노력이 헛되지 않았다는 것만으로도 효능감은 높아집니다.

무언가를 해결하는 과정 안에서 노력이 없이 성과를 얻었을 때와 쏟아지는 잠을 줄여가며 애를 써서 좋은 성과를 얻었을 때, 성취감의 크기는 다릅니다. 당연히 그럴 수밖에 없지요. 간절함의 차이가 크기 때문입니다. 분명한 것은 간절하게 원할 때 애씀의 질과 시간의 효용 가치가 높아진다는 것입니다.

간절하게 무엇을 원하고, 마침내 그것을 손에 넣어 본 경험이 있으신가요? 저에게 간절함이란 수업을 만족스럽게 마치고 교실 밖으로 나올 때 만날 수 있는 짧고 선명한 행복입니다.

아이들이 몰입하여 수업이라는 파도 위에서 함께 출렁일 때 '아, 내가 교사로서 잘 살아가고 있구나' 하고 느끼게 되죠. 그 감각이 교사효능감을 높여 줍니다.

이렇게 좋은 것인데, 애쓰지 않을 이유가 있을까요? 그래서 오늘도, 내일도 애쓰려 합니다. 애쓴다는 것은 단순히 힘을 들인다는 뜻이 아니라 나에게 중요한 가치를 흔들림 없이 붙잡는 일이라고 믿거든요. 그 애씀은 삶의 결을 더 선명하게 만들어 줍니다. 물론 과정이 때로는 버겁습니다. 하지만 애쓴 하루 덕분에 어제보다 오늘 조금 더 단단해집니다.

"가까운 목표를 설정하고, 작은 성공을 경험하세요."

너무 멀고 너무 높아 손에 닿지 않는 목표는 마음을 지치게 합니다. 오늘 할 수 있는 일, 내일 바로 실천 가능한 일, 작은 실천을 통해 성공 경험을 할 수 있는 일에서 가치를 찾아 애써보세요. 그 작은 걸음들이 어느 순간 삶의 방향을 바꾸어 놓습니다.

애씀이 성공으로 이어지는 경험을 열 번, 스무 번, 그리고 백 번쯤 쌓아 가다 보면 어느 날 문득, 그 시간들이 선생님을 더 단단하고 더 빛나는 자리로 데려다 줄 거예요.

애씀의 시간은 언젠가 반드시 깊은 기쁨으로 돌아옵니다. 그 기쁨이 또 다른 내일을 살아가게 할 힘이 되어 줄 거예요.

시선의 깊이

  매일 마주하는 일상의 장면은 늘 같아 보입니다. 같은 시간 샤워를 하고, 같은 방식으로 머리를 말리며 하루를 시작합니다. 어제 본 자전거는 여전히 그 자리에 세워져 있고, 매일 아침, 커피집 조명은 한결같은 빛을 냅니다.

  그 속에서 작은 변화를 만들어 볼까요? 어제와는 다른 옷을 고르고, 가끔은 다른 가방을 들어 봅니다. 화장법을 달리해 보거나, 새로운 음악을 틀어 하루의 공기를 달라지게 합니다.

  자세히 들여다보면 일상도 우리를 위해 쉼 없이 새로움을 보여줍니다. 나뭇잎은 계절의 미세한 온도 차에 따라 조금씩 색을 달리하고, 세워둔 자전거는 오가는 발걸음이 스치며 고개를 다른 쪽으로 돌립니다. 하늘의 구름은 단 하루도 같은 모습이 없고, 바람은 그날의 결에 따라 다른 표정을 짓습니다. 겉으로는 늘 같아 보이지만, 세상은 결코 똑같은 순간을 우리에게 건네지 않습니다. 삶을 빛나게 하는 것은 이를 발견하는 '시선의 깊이'입니다.

매한가지로 교사의 삶을 빛나게 하는 것 또한 '시선의 깊이'입니다.

아이들을 바라보는 시선에 마음을 담습니다. 그저 교실을 채운 얼굴들이 아니라, 하루하루 다른 이야기를 지닌 존재로 바라봅니다. 피곤한 듯 책상에 엎드린 아이의 어깨를 바라보며 오늘은 어떤 마음이 무거운 걸까 헤아려봅니다. 망설이다가 손을 든 아이의 떨리는 눈빛 속에서 용기를 읽어내고, 발표를 마친 후 들어가는 뒷모습에 박수를 더해줍니다.

동료 교사에게 잠시 시선을 멈춥니다. 지난 주말은 어땠는지, 요즘 아이들과의 수업은 어떤지, 나누는 이야기 속에 서로를 지탱하는 힘이 깃듭니다. 복도에서 마주친 행정실 선생님이나, 보이지 않는 곳에서 학교 일을 묵묵히 맡아 주시는 분들께 진심을 담은 인사를 전합니다. 그것은 작은 시선이지만, 서로의 하루를 환하게 밝혀 주는 힘이 됩니다.

그 시선들이 차곡차곡 모여 삶을 설레게 합니다.

바라보는 방식 하나만 달라져도 일상은 전혀 다른 풍경이 됩니다. 깊이 있는 시선은 무심히 흘려보냈던 순간을 의미 있는 장면으로 바꾸어 줍니다. 그리고 그 장면들이 마음에 쌓여 하루를 빛나게 합니다.

잠시 멈추어 시선의 깊이를 채워볼까요?

그 깊은 시선 속에서 아이들은 더 빛나고, 동료들은 더 단단해지며, 우리는 삶에 더 설레게 됩니다.

일이 폭풍처럼 몰려와도

일이 폭풍처럼 몰아칠 때가 있어요. 끝없이 쏟아지는 보고서, 마감 기한이 겹쳐 있는 업무, 하루에도 몇 번씩 울리는 전화와 업무용 메세지들. 숨이 턱까지 차올라 간신히 호흡을 이어가곤 했습니다.

그때의 마음은 네모였어요. 각이 뾰족하고 면이 단단한 네모. 강단 있고 다부지게 어깨를 펴 앞만 보았습니다. 흔들림 없는 자세, 버텨내는 힘, 그것이 네모가 살아남는 방식이었습니다. 폭풍 속에서도 끄떡없으려면 반듯하게, 흔들리지 않게 서 있어야 한다고 믿었어요.
그렇게 네모 마음으로 몇 날, 몇 주, 몇 달을 버렸습니다. 하지만 어느 순간, 바닥을 꽉 붙들고 버티던 네모 마음은 한쪽 모서리가 닳고 있었습니다. 정작 그것을 알아차리지 못했습니다.

어느 날 거울 앞에서 세모를 만납니다. 세모 마음은 예민했어요. 뾰족뾰족한 말들이 저도 모르게 입 밖으로 튀어나왔죠. 사람들의 장점보다 단점이 먼저 눈에 들어왔습니다. 한숨은 깊어지고, 얼굴은 날카로워졌어요. 분명 폭풍 같은 일을 잘 마무리했는데, 마음은 편하지 않았습니다. 오히려 어깨는 더 구부정해지고, 모습은 더 미워 보였어요. 그때 속으로 다짐했습니다.

"이제 더 이상 뾰족하고 싶지 않아. 너무 아파."

모서리를 하나하나 마음을 다해 어루만지기 시작했어요. 스스로를 돌보고, 작은 쉼을 허락했습니다. 매일 조금씩 편안한 시간을 불어넣었죠. 그렇게 마음은 둥글어지기 시작했고, 마침내 동그라미가 되었습니다.

동그라미 마음은 편안했습니다. 굳이 버티지 않아도 괜찮다는 걸 알게 되었어요.
동그라미는 자유롭게 굴러다니며 좋아하는 일을 찾아다녔습니다. 벽에 기대어 잠시 멈출 줄도 알게 되었고, 부드러워진 자신을 쓰다듬으며 활짝 웃을 수 있었습니다.

또다시 폭풍 같은 일이 찾아왔습니다.

이번에는 달랐어요. 동그라미 마음은 예전처럼 허우적대지 않았어요. 대신 일의 파도 위를 통통 튀듯 건너다녔죠. 힘을 줘야 할 곳과 빼야 할 곳을 분별하며 여유를 가질 수 있었어요. 그것이야말로 행복임을 알게 되었습니다.

매일 아침, 컴퓨터 전원을 켜며, 마음도 다시 부팅합니다.
동그라디 마음으로 하루를 시작해요.

혹시 다시 뾰족한 세모가 되었나요?
괜찮아요. 오늘 흔들리고 있다면 그것은 더 좋은 교사가, 더 단단한
사람이 되어가고 있다는 신호니까요.

교사의 글쓰기

글을 쓰며 단단해집니다. 글을 쓰며 나를 발견하고, 더 깊이 알아갑니다. 글을 써 본 사람이라면 누구나 공감할 거예요. 글쓰기는 세상과 나에게 끊임없이 질문하게 합니다. 그 답을 찾으며 나와 가까워집니다.

수업 이야기든, 마음의 기록이든 상관없습니다. 뭐든 글로 정의되는 순간, 나와 마주합니다. 교실에서 아이들과 함께한 하루를 적어 내려갈 때, 한 권의 책을 읽고 밑줄 친 구절을 곱씹으며 글을 남길 때, 정리 안 되는 마음을 글로 담을 때. 그 순간마다 글은 삶을 붙잡고 단단하게 묶어 줍니다.

얇디얇은 글자의 획들이 모여 문장이 되고, 문단이 되고, 마침내 글 전체가 됩니다. 완성된 글이 내뿜는 에너지 안에는 쓰는 사람의 호흡, 시선, 시간이 담겨 있어요.

치열한 삶을 편안하게 토닥이고, 고단한 하루를 위로하며, 때로는 자신을 치유하기도 합니다. 놓치고 지나간 순간들을 또렷하게 다시 불러내고, 삶의 한 조각 한 조각을 선명하게 새겨 줍니다. 그렇게 쌓인 기록으로 어느새 흔들림은 고요해지고 여린 마음은 단단해짐을 알게 됩니다.

교사의 삶에서 글쓰기는 더 특별합니다. 한 아이의 눈빛에서 시작된 수업 이야기가 글이 되어 남으면, 그것은 교사의 철학으로 선명해집니다. 해결되지 않던 교육의 고민을 글로 옮기면, 당장 무엇을 해야 할지 막연했던 생각에 선명한 방향이 그려지죠.

누군가에게는 사소해 보이는 기록일지라도, 글을 쓰는 사람에게는 단단한 기둥이 되어 흔들림을 막아 줍니다. 그리고 바랍니다. 지금 써 내려가는 글의 에너지가 누군가에게 의미가 되어 주기를, 한 줄의 문장이 어떤 이의 마음에 작은 울림이 되기를요.

글쓰기를 망설이시나요? 같이 용기를 내어 볼까요? 일상에서 만난 특별한 순간을, 책 속에서 와 닿은 문장을, 불현듯 스쳐 간 생각을 솔직하게 꺼내어 보세요. 사소한 시작이라도 괜찮습니다. 그 기록이 쌓이면 어떤 일에도 쉽게 흔들리지 않는 자신을 발견하게 될 것입니다.

쓰며 알게 됩니다. 쓰는 하루가 단단한 하루를 만들고, 쓰는 삶이 결국은 흔들리지 않는 삶을 만든다는 것을요.

오늘부터 같이 써 볼까요? 이렇게요.

- 바쁜 일상 안에서 잠시 바쁨을 끄기
- 일상의 장면을 깊이 들여다보기
- 마음에 닿는 장면을 사진으로 남기기
- 그 순간 떠오르는 생각과 직면하기
- 생각을 글로 남겨보기

나를 만나는 날

교사의 삶에서 가장 중요한 것은 무엇일까요?

교육활동, 수업 준비, 업무 유능, 타인과의 관계, 소통…, 수많은 것 중 무엇이 중요하세요? 모두가 필요한 것이지만, 교사의 삶이 행복하기 위해 가장 중요한 것은, 바로 '내면의 힘'일 거예요. 수많은 수업 방법과 기술, 유익한 팁들은 교사의 하루를 잠시 편안하게 할 뿐이죠. 본질적인 편안함은 '교사의 내면'에 있습니다.

교사는 많은 일을 유능하게, 그것도 잘 해내야 한다는 사회의 시선을 받고 있습니다. 그래서 더 잘하려 애쓰고, 완벽해야 한다는 부담까지 떠안게 되죠. 타인의 기대 속에서 살아가는 우리는 어느 순간, '남을 위한 목표'를 마치 '내 목표'인 것처럼 착각하기도 합니다. 그리고 목표를 이루는 순간 느껴지는 잠깐의 뿌듯함에 속기도 합니다. 그 뿌듯함이 진짜 성취인지, 아니면 나를 갉아먹는 착각인지조차 모른 채로요. 물론 학생의 성장을 돕고, 학교를 더 나은 방향으로 이끄는 일, 동료와의 관계를 지키고, 학부모의 기대에 부응하는 일들은 교사에게 분명 중요한 역할입니다. 하지만 때로는 '남을 위한 목표'에 지나치게 몰입한 나머지 정작 '나에게 중요한 가치'는 희미해질 때가 있습니다.

그래서 교사의 삶은 힘이 듭니다. 매일 흔들리면서도, 각자 다른 모양을 가진 내면의 단단함을 품고 살아갑니다. 그 단단함이 조금씩 자라기 위해서는 오롯이 '나'에게 집중하는 시간이 반드시 필요합니다. 무엇이 나에게 쉼이 되는지, 어떤 순간이 잠깐이라도 설렘을 주는지를 천천히, 다정하게 찾아야 합니다. 그리고 스스로에게 묻고 또 물어야 합니다.

"나는 지금 잘 지내고 있는가?"
"내가 기댈 수 있는 작은 행복은 어디에 있을까?"

그렇게 발견한 쉼과 설렘이 삶에 스며들 때, 그 안에서 비로소 '나'라는 사람이 회복되고 단단해집니다.

나를 위해 애써볼까요? 그 작은 애씀의 조각들이 모여 내면에 단단하게 붙고, 힘든 순간마다 삶을 붙잡아 줄 힘이 되어 줄 거예요.

우리는 흔히 '나'는 멀리 두고 타인과 잘 지내기 위해 더 많은 에너지를 씁니다.

젊은 날엔 관계 때문에 상처받고, 그 관계를 지키기 위해 마음과 시

44

간을 끝없이 내어주기도 했죠. 하지만 세월이 흐를수록 알게 됩니다. 모든 관계에 노력이 필요하듯, 나와의 관계에도 노력과 시간이 반드시 필요하다는 것. 어쩌면 더 많은 애정과 연습이 필요한 대상은 바로 '나 자신'이라는 사실을요.

태어난 순간부터 지금까지 나와 가장 가까운 단 한 사람, 나를 누구보다 잘 알고 있는 단 한 사람, 그것은 바로 '나'입니다. 나라는 사람은 너무 가까운 공기와도 같은 사이이기 때문에 나를 어떻게 대하는지 모르고 있을 때가 많습니다. 어쩌면 우리는 나를 위한 노력이 필요하다는 사실조차 모르고 살아가고 있습니다. 그저 하루를 버티고, 주어진 일을 최선을 다해 해내는 것이 곧 나를 위한 일이라 믿으며 내 정서는 돌보지 않고, 몸은 혹사시키곤 하죠. 그러다 보니 아무리 채워도 꽉 차지 않는 무언가가 늘 마음을 불편하게 합니다. 괜히 답답해지고, 마음이 먹먹하기도 하죠.

우리는 참 자주 나를 뒷전으로 둡니다. 타인에게는 조심스러운 말도, 나에게는 쉽게 내뱉고 가혹하게 굴죠. 누군가와 비교하고, 스스로를 비난하는 일도 서슴지 않습니다. 너무 익숙한 내면 목소리라서 그 무게를 제대로 느끼지 못한 채 살아가는 것이겠죠.

그리고 하루 종일, 쉼 없이 한 사람과 대화를 나눕니다. 그 상대는 바로 '나'입니다. 대화 속에서 어떤 선택을 하게 되고, 감정의 결이 조용

심효은 교사의 날들

히 결정되기도 합니다.

우리가 스스로에게 건네는 말들은 세상을 바라보는 방식과 태도에 영향을 미칩니다. 자기와의 대화가 부정적이면 세상을 향한 시선도 자연스레 어두워지죠. 결국 모든 관계의 출발점은 '나와의 관계'입니다. 나와 잘 만나고, 내 마음을 다정하게 돌보고, 내면의 목소리에 귀 기울이는 일이 일상이 된다면 더 단단해질 수 있습니다. 그 단단함은 결국 타인과의 관계를 부드럽고 편안하게 만들 거예요.

세월을 꾹꾹 밟으며 알게 된 것이 있습니다. 나에게 다정한 일은 어쩌면 연습이 필요하다는 것을요. 그리고 의식하지 않으면 소중한 나에게서 멀어지기 쉽다는 것을요. 나에게 가치 있는 일이 무엇인지, 나를 함박웃음 짓게 하는 것은 무엇인지, 어떤 사람과 같이 있을 때 편안함을 느끼는지를 눈여겨 살펴야 합니다. 그리고 나에게 전하는 내면의 '말' 태도는 언제나 다정해야 합니다. 그것이 세상을 잘 살아가는 방법이었습니다.

교사로 잘 살아가는 법도 다르지 않습니다. '교사인 나'를 들여다보는 시간이 필요합니다.

교사로서 나는 어떤 가치를 가지고 있는지, 내 안의 신념은 무엇인지, 그 신념을 지탱하는 철학은 무엇인지 스스로에게 묻는 과정이 필요합니다. 그 답들이 단단해질 때 비로소 교사로서의 삶도 흔들리지 않습니다. 그것이 행복하게, 오래도록 교사로 살아가는 방법이기도 합니다. '교사로서의 나'가 보이기 시작하면 다음은 더 쉽습니다. 내가 가치 있다고 여기는 교육이 무엇인지, 학교에서 나를 함박웃음 짓게 만드는 순간이 무엇인지, 학교에서 가장 설레고 행복한 순간은 무엇인지 조금 더 선명하게 발견할 수 있기 때문입니다.

바쁘고 정신없는 하루 속에서도, 한 번쯤은 잠시 멈춰 보세요.

"지금 나는 나에게 어떤 말을 건네고 있을까요?"
"남이 아닌 나에게 애쓰고 있을까요?"
"오늘 어떤 순간이 좋은 기분으로 기억에 남나요?"

질문의 답을 찾게 된다면 어떤 험한 일도 이전보다 가볍게 털어낼 수 있습니다.
나를 돌보는 힘이 생기면, 마음먹은 대로 용기 있게 나를 이끌어 갈 수 있습니다.
나에게는 믿음직한, 세상에서 가장 든든한 백인 내가 있으니까요.

수업은 삶과 만나는 일

　아침이면 출근 준비를 하고, 학교에 도착해 교실로 향합니다. 교사의 하루는 언제나 비슷한 루틴 속에서 흘러가죠. 어느 날은 작은 에피소드가 생겨 하루의 시간을 당겨주기도 해요. 괄목할 만한 큰 사건이 생기지 않는 한 교사의 하루는 큰 파도 없이 잔잔합니다.

　잔잔함 속에서도 우리는 쉴 새 없이 노를 젓고 있습니다. 쏟아지는 업무, 틈이 없는 하루 안에서 수업의 무게는 가벼워져 우리 곁에서 멀리 떠나 있기도 합니다.

　그러다 문득 하루를 돌아보며 생각하게 되죠.

　"나는 어떤 교사일까?"

　"내 수업은 아이들에게 어떤 의미일까?"

　학교 안에서 교사로 살아가는 지금의 시간은 어떠신가요? '나'라는 존재는 혹시 달력 귀퉁이에 급하게 적힌 한 줄처럼 어디엔가 희미하게 스며들어 있지는 않나요?

시간표에 맞춘 삶을 살면서 빈 시간마다 수업 준비 대신 업무를 쳐내느라 바쁘다 보니 정작 '수업'을 제대로 들여다볼 여유가 사라집니다. 수업이 만족스럽지 않은 이유를 무기력한 아이들의 태도나 과중한 업무 탓으로 돌려보기도 합니다. 하지만 그때마다 말끔히 지워지지 않는 공허함과 결핍이 마음 한쪽을 '톡' 하고 건드리곤 합니다.

수업이 힘든 건 하나의 이유 때문이 아닙니다. 수많은 요소들이 서로 엮이며 예측 불가능한 방식으로 작용하기 때문입니다. 그 요소들은 심지어 어디로 튈지 모르는 '살아있는 무형의 변수'들이죠. 교사의 내면, 학생들의 내면, 교사-학생의 상호작용, 학생-학생 사이의 관계, 교수 전략, 교실 분위기, 경계의 설정…. 이 모든 것들이 서로 연결되며 수업이라는 상황 안에서 무수한 이야기를 만들어 냅니다. 그 장면 속으로 우리는 다양한 배움의 장치들을 챙겨 들고 용감하게 들어갑니다. 들어가는 마음은 호기롭지만, 나오는 마음은 매번 다릅니다. 어느 날은 꽤 괜찮았고, 어느 날은 무너져 내리기도 합니다. '잘하고 싶은 마음'이 크기 때문에 더 힘든 순간들이죠. 활동지를 열심히 만들고, 수업을 촘촘하게 구성했는데 그것만으로는 충분하지 않을 때가 있습니다. 그렇다면 답은 무엇일까요? 지금, 선생님의 수업을 함께 조심스럽게 들여다볼까요?

◆ 수업 준비는 늘 하루살이인가요?
◆ 수업을 하러 교실로 들어가는 마음이 꽉 차게 무거운가요?

◆ 수업이 늘 고민이 되고 어려운가요?

◆ 수업을 하고 나올 때 왠지 학생들에게 미안한 마음이 드나요?

◆ 수업 때문에 교사로서의 자신감이 떨어지나요?

저 경력 교사인 시절, 저는 5가지 모두가 해당되었어요. 수업에 휘둘려 감정까지 제 멋대로인 여린 교사였죠. 그럴 수밖에 없었습니다. 모호하고 흐릿했던 제 삶을 수업 안에 온전히 들이지 못했기 때문이었죠. 교사로 살아가는 시간이 층층이 쌓이고, 그 경험들이 제 삶과 만나는 순간이 찾아오면서 제가 추구하는 삶의 방향과 가치관이 조금씩 선명해졌습니다. 그때부터 비로소 '나의 삶'을 수업 안으로 들여올 수 있게 되었습니다. 그리고 수업회복의 방법을 발견하게 됩니다.

수업 회복의 첫 번째 방법은 '삶을 수업에 담는 것'입니다.

수업이 유난히 힘들게 느껴지는 이유는 대부분 수업과 삶이 '따로' 존재하기 때문입니다. 수업은 단지 교과 내용을 전달하는 활동이 아니라 교사의 삶이 고스란히 스며드는 영역입니다. 교사가 살아온 방식과 마음의 결은 무의식적으로 아이들에게 전달됩니다.

열정, 끈기, 몰입, 긍정적인 사고와 감사. 이 모든 것은 선생님의 삶이 가진 힘이며, 그 힘이 자연스레 수업을 통해 아이들에게 전해집니다. 그래서 조심스럽게 여쭙고 싶습니다.

"선생님의 삶은 수업 안에 담겨 있나요?"

수업이 어렵게 느껴질 때, 우리는 흔히 '방법'을 찾습니다. 새로운 활동, 매력적인 디지털 도구…, 분명 도움은 됩니다. 하지만 진짜 중요한 것은 따로 있습니다. 바로 교사로 살아가는 나의 삶을 살피는 일입니다. 수업은 결국 "교사인 내가 어떤 사람인가"를 가장 명확하게 드러내는 시간입니다. 내가 불안하고 흔들리면, 수업도 함께 흔들립니다. 내가 나를 돌보지 못하고 지쳐 있을수록 수업은 더 버겁게 느껴질 수밖에 없습니다. 그래서 수업을 회복하고 싶다면 가장 먼저 삶을 회복하는 것에서 출발해야 합니다. 교사의 삶이 수업 안에 녹아 있을 때, 수업은 저절로 깊어집니다.

또 다른 시선에서 바라보면 수업 회복의 시작은 결국 '나다운 수업'입니다. 수업이 어려워지는 이유는 대부분 내가 아닌 무언가가 되려고 애쓸 때입니다. 잘해야 한다는 부담, 평가받는다는 압박, 완벽한 교안을 만들겠다는 강박. 이 모든 것이 수업을 무겁게 만듭니다.

아이들이 기억하는 건 사실 그런 것들이 아닙니다. 아이들이 기억하는 건, 수업 시간에 스며든 선생님의 삶을 대하는 태도, 그 태도 안에 담긴 진심입니다. 교사가 자신의 삶을 수업에 녹여 아이들의 변화와 성장을 진심으로 바라볼 때, 아이들은 압니다. 눈빛이 변하고, 몰입의 정도가 달라지고, 어느새 선생님을 닮고 싶어 배움에 스스로 뛰어듭니다. 수업이 쉬워지는 가장 단순하고도 강력한 방법은 결국 '나'를 담는 것입니다.

수업은 교사의 삶이 가진 결을 나누는 시간입니다. 그리고 수업은 교사의 말과 행동, 태도가 고스란히 드러나는 장입니다. 아이들은 수업을 통해 교사가 무엇을 중요하게 여기는지, 어떤 가치와 태도를 삶의 기준으로 삼고 있는지를 조용히, 그러나 분명하게 배웁니다. 정직, 존중, 성실, 경청, 책임감. 이는 말로 가르치는 것이 아니라 교사의 일관된 삶의 태도를 통해 가장 자연스럽게 전해지는 것들이죠.

햇살이 뜨거워지려는 어느 계절, 10년 전 졸업생이 학교를 찾아왔습니다. 반갑게 인사를 나누고 테이블에 앉자마자 이야기합니다. "전 선생님 하면 생각나는 건 '열정'밖에 없어요. 진짜 그때 그 모습이 멋졌어요. 선생님 보고 배웠잖아요." 오래전의 그 열정이 조금 식은 듯해 등이 쭈뼛해졌지만, 제자의 이야기에 마음이 흐뭇해졌습니다.

아이들은 수업을 통해 지식도 배우지만, 더 본질적으로는 "나는 어떤 어른이 되고 싶은가"를 교사를 통해 자연스레 내면화합니다. 선생님이라는 사람이 좋아 보이고, 존경스럽고, 닮고 싶은 마음이 생긴다면 아이들은 그 수업에서 신이 나고, 배움은 저절로 일어납니다.

"좋은 수업은 삶에서 시작되고, 또 다른 삶을 변화시킵니다." 교사는 그것을 가능하게 해 주는 사람입니다.

완벽하지 않아도 괜찮아

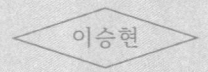

신규 교사의 첫해,
완벽하지 않아도
진심이면 충분했습니다.

수업할 때 행복해 보여요

　신규 교사의 첫 학기는 유난히도 힘들었습니다. 대입을 준비하는 고등학교에서 국어를 가르치게 되었을 때, 수업에 대한 부담감은 제 어깨를 무겁게 짓눌렀습니다. 매일 아침 교단에 서기 전, 가슴 한편에는 불안이 일렁였습니다. 수업이 끝나고 나면 개운함보다는 고민이 더 깊어지곤 했습니다. 그날의 수업 분위기와 학생들의 반응이 곧 저에 대한 평가로 느껴졌고, 교사로서의 효능감은 날마다 흔들렸습니다.

　고민이 깊어지던 중, 문득 깨달았습니다. 고민할 시간에 조금이라도 더 준비해야겠다고요. EBS 강의를 듣고, 유튜브 영상도 찾아보고, 개론서를 다시 펼쳐 들었습니다. 마치 임용고시를 준비하던 그때처럼 열심히 공부했습니다. 아이들에게 수업 설문지를 나눠주고 솔직한 피드백을 받았고, 문학 작품 속 등장인물의 감정에 이입하여 연기하듯 수업을 진행해 보기도 했습니다. 완벽하지 않더라도, 뭐든 해보자는 마음이었습니다.

그러던 하루, 수업을 마치고 교실을 나서는데 한 학생이 다가와 말을 건넸습니다.

"선생님!"
"응, 무슨 일이야?"

　학생은 잠시 머뭇거리더니 말했습니다.

"선생님은 수업할 때 행복해 보여요."

　순간, 가슴속이 뜨거워졌습니다.

"정말?"
"네. 선생님이 수업 내용 설명하실 때 눈이 반짝반짝해요. 그래서 저도 더 집중하게 돼요."

　그 순간, 가슴 속을 채우고 있던 걱정들이 스르르 녹아내리는 것만 같았습니다. 수업 준비에 최선을 다하다 보니 어느새 수업이 즐거워졌고, 그 즐거움이 아이들에게도 전해졌던 것입니다. 그때 알게 되었습니다. 제가 그토록 두려워했던 것은 사실 '평가받는 것'이었다는 것을요. 학생들의 반응이 곧 저에 대한 평가라고 생각했고, 그것에 지나치게 신경을 쓰고 있었습니다. 하지만 진짜 중요한 것은 다른 데 있었습니다. 제가 수업을 얼마나 사랑하고 있는지, 그 안에서 얼마나 진심을 다하는지가 먼저였던 것입니다.

'교사로서 살아있다'는 것의 의미도 새롭게 다가왔습니다. 그것은 완벽한 수업을 하는 것도, 학생들에게 항상 긍정적인 반응을 얻는 것도 아니었습니다. 오히려 서투름을 인정하고 더 나은 수업을 위해 노력하는 과정 자체가 '살아있음'이었습니다. 그 진심 어린 노력이 학생들에게 전해질 때, 비로소 교사와 학생이 함께 살아 숨 쉬는 교실이 만들어지는 것이었습니다.

학생의 말 한마디가 제게 준 것은 위로가 아니라 확신이었습니다.
이 길이 맞다는, 계속 걸어가도 된다는.

신규 교사의 하루하루는 도전과 좌절의 연속이었습니다. 하지만 학생들이 건네는 따뜻한 말 한마디, 초롱초롱한 눈빛으로 수업을 바라봐주는 그 순간들이 교사로서 존재하게 하는 힘이 되었습니다. 열심히 준비한 수업 속에서 반짝이는 아이들의 눈빛은 큰 행복이고, 이 길을 계속 걸어가게 하는 버팀목이 됩니다.

계속해서 교단에 설 것입니다. 여전히 부족하고, 때로는 불안하겠지만, 그 불완전함 속에서도 기꺼이 나아가려 합니다. 수업에, 학생 한 명 한 명에게 진심을 담아 살아가고자 합니다. 그것이 바로 이 길을 선

이승현 완벽하지 않아도 괜찮아

택한 이유이자, 교사로서 살아가는 의미일 테니까요.

너를 사랑하는 사람은 많단다

　교단에 있다 보면 정말 다양한 학생들을 만나게 됩니다. 선생님을 좋아한다며 서슴없이 애정을 표현하는 학생도 있고, 문제 행동으로 마음을 아프게 하는 학생도 있습니다.

　처음에는 그저 '문제 행동을 하는 학생'으로만 보였던 아이들이 있었습니다. 하지만 시간이 지나며 깨달았습니다. 그 행동의 이면에는 반드시 이유가 있다는 것을요. 아이들의 모든 행동에는 그들만의 이야기가 숨어 있었습니다. 수업 시간 내내 무기력하게 엎드려 있는 학생, 또래 관계에서 끊임없이 갈등을 일으키는 학생. 그 아이들을 바라보며 묻기 시작했습니다.

　'이 아이는 무엇을 원하는 걸까?'
　'이 행동 뒤에 숨겨진 갈망은 무엇일까?'

　어쩌면 충분한 사랑을 받아본 적이 없었을지도, 안정적인 애착을 경험해 보지 못했을지도 모른다는 생각이 들었습니다. 그날 밤, 칼 로저

스의 『사람─중심 상담』을 다시 펼쳤습니다. 대학원 시절 읽었던 책이었지만, 이제야 그 의미가 와 닿았습니다.

'무조건적 긍정적 존중. 상대방을 있는 그대로 받아들이는 것.'

'선생(先生)'이라는 말의 의미를 되새겨 보았습니다. 먼저 살아온 사람. 조금 더 일찍 이 세상을 경험한 사람. 그렇다면 제가 할 수 있는 일은 무엇이었을까요? 아이들의 있는 그대로를 존중해주고, 경험하지 못한 것들을 보여주고, 받지 못한 사랑을 건네는 것이 아닐까요?

저는 먼저 다가가기로 했습니다. 어색하더라도, 때로는 거부당하더라도, 포용적인 마음으로 아이들 곁에 머물러주기로 했습니다. 안정적인 관계를 경험해보지 못한 아이들에게, 저와의 시간이 작은 버팀목이 되기를 바라며.

그 과정은 결코 쉽지 않았습니다. 학생들과의 관계에서 상처받는 일도 많았고, 진심이 닿지 않는 것 같아 회의감이 밀려올 때도 있었습니다. 쏟아붓는 사랑이 공허하게 느껴지는 순간들도 있었습니다. 그래도 포기하지 않았습니다. '너를 사랑해 주는 사람은 이 세상에 많다'는 것을, '너는 사랑받을 자격이 충분한 존재'라는 것을 알게 해주고 싶었습니다.

작은 실천들을 시작했습니다. 아이들을 따로 불러 대화를 나누었습니다. 처음에는 어색하고 경계하던 아이들이었지만, 천천히 마음을 열기 시작했습니다. 복도에서 마주칠 때마다 간식을 건넸고, 아침을 거르고 온 아이들을 위해 '학급 빵 공장'을 운영했습니다. 모닝빵에 딸기잼을 발라 아이들 입에 직접 넣어주기도 했습니다. 어쩌면 너무 사소한 것일지도 모릅니다. 하지만 저는 믿었습니다. 이러한 작은 순간들이 모여 아이들에게 '나도 사랑받을 수 있는 사람이구나'라는 믿음을 심어줄 것이란 것을요.

변화는 조용히, 천천히 찾아왔습니다. 말도 잘 하지 않던 아이가 어느 날 먼저 다가와 말을 걸었습니다. 늘 고개를 숙이고 다니던 아이의 표정이 조금씩 밝아지기 시작했습니다. 주위 선생님의 "○○이 요즘 표정이 많이 밝아졌네요."라는 반응을 들을 때마다 가슴이 뭉클했습니다. 이 작은 변화들이 제게는 세상 무엇보다 소중했습니다.

이제 알게 됩니다. 교사의 역할은 거창한 무언가를 가르치는 것이 아니라, 이렇게 사랑을 나누는 것이라는 걸요. 그래서 오늘도 학생들을 짝사랑하듯 사랑하기로 합니다. 학생들이 저의 마음을 알아주지 않더라도, 당장은 변화가 보이지 않더라도, 실망하지 않고 내색하지 않으며 애정 어린 시선으로 그들을 바라보려 합니다.

저의 작은 발걸음이 학생들의 마음 한편에 남아, 그들이 앞으로 나아가는 길에 작은 희망이 되기를 바랍니다. 언젠가 그들이 힘든 순간을 맞닥뜨렸을 때, 문득 '나를 믿어주던 선생님이 있었지'라고 떠올릴 수 있다면, 그것만으로 충분합니다.

오늘도 학생들을 위해 나아갑니다. 선생(先生)의 마음으로, 먼저 사랑하는 사람으로.

바뀌어야 할 것은 나의 시선

신규 교사로서 첫해에 맡은 반은 유난히 조용했습니다.

하루를 시작하는 조회 시간, 교실을 가득 채운 고요함은 저를 숨 막히게 했습니다. 활기차고 밝은 교실을 상상했던 저에게, 그 침묵은 견디기 힘든 것이었습니다. 원래 활발하고 에너제틱한 성격인 저는 조용한 분위기 속에서 어떻게 아이들과 소통해야 할지 막막했습니다.

물론 조용한 것이 나쁜 것은 아니었습니다. 하지만 저는 그 조용함을 무기력으로 읽어버렸습니다. 멍하니 앉아 있는 몇몇 아이들의 모습에만 꽂혀서 반 전체가 무기력하다고 단정 지어버렸습니다. 제 눈에는 그 조용함이 '해결해야 할 문제'로만 보였습니다.

'내가 아이들의 마음을 움직이지 못하는 걸까?'
'담임으로서 해줄 수 있는 게 정말 없는 걸까?'

고민은 갈수록 깊어져 갔습니다. 시간이 지날수록 상황은 나아지지 않았고, 저는 점점 더 지쳐갔습니다. 지친 마음은 불편함으로 이어졌고,

이내 잔소리로 변해 아이들에게 전달되었습니다. 악순환이었습니다.

어느 날 밤, 침대에 누워 천장을 바라보며 생각했습니다.

'내가 왜 이렇게 힘들어하는 걸까?'

저를 깊이 들여다보며 알게 되었습니다. 제가 부정적인 감정에 너무 깊이 빠져 있었다는 것을요. 한 걸음 물러서서 객관적으로 저희 반을 바라보기로 했습니다. 그리고 의식적으로 긍정적인 면을 먼저 찾아보기로 했습니다.

'우리 반의 장점은 뭘까?'

생각해 보니 우리 반 학생들은 큰 문제를 일으킨 일이 없었습니다. 생활교육위원회에 회부될 만큼 심각한 사건도 일으키지 않았습니다. 지각하는 학생도 거의 없었습니다.

'조용하지만, 안정적이구나.'

당연하게 여겼던 것이 사실은 소중한 것이었습니다. 아이들에게 다시 한번 고마움이라는 감정을 느끼게 되었습니다.

어느 날 일찍 출근했더니, 이미 교실에는 몇몇 아이들이 앉아 있었습니다. 조회 시간보다 30분이나 일찍 나와 조용히 자습하고 있었습니다. 영어 단어를 암기하는 아이, 수학 문제를 푸는 아이. 조용함과 안정감 속에서 저는 점차 제가 보지 못했던 아이들의 모습들을 발견하기 시작했습니다.

쉬는 시간, 복도는 시끄러워도 우리 교실은 조용했습니다. 하지만 그 안을 자세히 들여다보니, 서로 문제를 가르쳐주고 있는 아이들, 조용히 책을 읽는 아이들, 창가에 모여 대화하는 아이들이 보였습니다.

점심시간에 교실에 들어서면, 칠판 앞에 모여 수학 문제를 풀고 토론하는 아이들도 있었습니다. 누가 시키지 않았는데도 스스로 공부하고, 서로 가르쳐주고 있었습니다.

알게 되었습니다. 아이들은 원래 이런 모습으로 있었던 것입니다. 다만 제가 '조용함'이라는 겉모습에만 집중한 나머지, 그 안에서 조용히 피어나고 있던 아이들의 노력과 성장을 보지 못했던 것입니다. 매일 학교에 나와 자리를 지키는 것, 친구들과 함께 공부하는 것, 스스로 문제를 풀어보는 것. 이 모든 것들이 아이들만의 방식으로 최선을 다하는 모습이었습니다.

'활기찬 학급'을 만들려던 제 욕심을 내려놓았습니다. 대신 '있는 그대로의 아이들'을 바라보기 시작했습니다. 극적인 변화가 아니라 일상의 작은 성장을 발견하는 눈을 갖추려 애썼습니다.

이승현 완벽하지 않아도 괜찮아

신기하게도 교실의 풍경이 달라 보이기 시작했습니다. 조용함 속에도 아이들만의 생동감이 있었고, 고요함 속에도 배움의 열정이 흐르고 있었습니다. 제가 원했던 활발함이 아니어도, 아이들이 가진 고유한 색깔이 있었습니다.

  이제는 조용함 속에서 자라나는 여러 가지 모습들이 저에게 많은 가르침을 주고 있습니다. 아이들은 제게 인내를, 겸손을, 그리고 있는 그대로를 사랑하는 법을 가르쳐주었습니다. 덕분에 저 또한 교사로서 조금씩 성장하고 있습니다.

아이들에게 상처받고, 치유받다

교사가 되어 아이들에게 받은 첫 상처는 아직도 선명합니다. 기억하고 싶지 않지만, 그 순간은 고스란히 제 안에 남아 있습니다. 아이들에 대한 사랑으로 시작한 교직이었기에, 아이들의 한마디에 가슴이 무너지는 경험은 견디기 힘들었습니다.

조회 시간에 한 학생을 따로 불렀습니다. 요즘 집중을 잘하지 못하는 것 같아, 조용히 이야기를 나누고 싶었습니다.

"○○아, 요즘 수업 시간에 집중을 잘하지 못하는 것 같은데, 무슨 일 있어?"

"선생님, 저희 부모님도 저를 건드리지 않아요. 제 삶은 제가 알아서 살게요."

날카로운 목소리로 내뱉은 그 말에, 아이들을 사랑하겠다는 다짐이 한순간에 무너지는 것만 같았습니다. 집으로 돌아가서도, 잠자리에 누워서도, 그 말이 귓가에 맴돌았습니다.

이승현 완벽하지 않아도 괜찮아

'제가 알아서 살게요.'

아이의 그 말속에는 얼마나 큰 외로움이 숨어 있었을까요. 하지만 당시 저는 깊은 이면까지 읽어낼 여유가 없었습니다. 제가 받은 상처만 느껴졌습니다. 좌절의 경험은 학교 밖을 나와도 저를 놓아주지 않았습니다. 주말 내내 침대에 누워 있었습니다. 아무것도 하고 싶지 않았습니다.

'교사가 나한테 맞는 직업인가?' 그런 생각까지 들었습니다.

그날 저녁, 서점에 갔습니다. 허우적거리던 저는 출구를 찾고자 책을 펼쳤습니다. 그 순간 제 시선을 잡아끈 릭 핸슨의 『붓다 브레인』 책의 한 구절이 눈에 들어왔습니다.

'인간의 뇌는 본능적으로 부정적 자극을 우선적으로 지각하도록 설계되어 있다. 이는 생존을 위한 방어 기제다.'

위험을 먼저 감지해야 살아남을 수 있었던 우리 조상들의 지혜가, 지금은 오히려 우리를 괴롭히는 족쇄로 작용한다는 것이었습니다.

'그렇구나. 이건 본능이었구나.'

조금 위안이 되었습니다. 인간이라면 누구나 그렇다는 것. 뿐만 아니라 책은 해결책도 제시해 주었습니다.

'긍정적인 기억들을 꾸준히 쌓아가다 보면, 내 안의 긍정적인 마음 씨앗들이 발아할 수 있다.'

그 말이 저에게는 희망처럼 들렸습니다. '부정적 자극에 휘둘리는 것이 본능이라면, 의식적으로 긍정적 자극을 가까이하면 되는 것 아닐까?'
의도적으로 마음에 긍정의 씨앗을 심기 시작했습니다. 매일 아이들과의 소중한 순간들을 떠올렸습니다. 그리고, 하루의 긍정적인 순간들을 적기로 했습니다.

오늘 아이들이 수업이 재미있다고 해주었다.
오늘 아이들이 스승의 날이라고 롤링 페이퍼를 써주었다.
오늘 한 아이가 네잎클로버를 보고 내 생각이 났다며 가져다주었다.
오늘 한 아이가 나의 반려견 꼬미를 닮은 모루 인형을 만들어 주었다.
오늘 아이들이 열심히 집중해준 덕분에 시간 가는 줄 모르고 수업을 할 수 있었다.

사소한 것들이었습니다. 아이들이 보였던 작은 웃음, 수줍게 건넨 애정 표현, 수업에 몰입하던 진지한 태도, 끝없이 쏟아지던 호기심 어린 질문들. 하지만 이렇게 적다 보니, 생각보다 많은 긍정적인 순간들이 있다는 걸 깨달았습니다. 신기하게도, 긍정이 쌓여갈수록 상처는 조금씩 아물어갔습니다.

알게 되었습니다. 아이들에게 상처받고, 아이들에게 치유받는 것. 이것이 바로 교사의 숙명이라는 것을요. 피할 수 없다면, 그 안에서 균형을 찾아야 했습니다. 부정적인 순간들을 부정할 수는 없지만, 그것이 전부가 되어서는 안 된다는 것. 긍정적인 순간들을 더 크게, 더 선명하게 기억하는 것. 그것이 교사로서 잘 살아남을 수 있는 방법이었습니다.

어느 날, ㅇㅇ이가 다시 다가왔습니다.

"선생님, 저번에 제가 너무 심하게 말한 것 같아요. 죄송해요."
"아니야, 괜찮아. 그때 네가 힘들었구나."
"네…. 집에서 일이 조금 있었어요."
"그랬구나. 언제든 힘들면 선생님한테 이야기해. 선생님이 도와줄 수 있는 게 있으면 돕고 싶어."
"네. 감사합니다."

그 대화 이후, ㅇㅇ이는 조금씩 마음을 열기 시작했습니다.

이제는 아이들의 부정적인 말 한마디에 무너지기보다는, 그들과의 긍정적인 순간들을 더욱 소중히 여기려 합니다. 매일 학교에서 소소한 행복을 찾아보려 합니다. 아이들이 웃는 모습을, 반짝이는 눈빛을, 따뜻한 말 한마디를 가슴속에 깊이 간직하려 합니다. 이런 작은 추억들을 놓치지 않고 감사히 여기다 보면, 부정적인 자극이 저를 지배하지 못할 것이라는 희망이 싹트는 것 같습니다.

교사로서의 길은 결코 쉽지 않습니다. 여전히 힘들고, 때로는 좌절하기도 합니다. 하지만 아이들과의 소중한 순간들은 저에게 큰 힘이 됩니다. 부정보다 긍정을 더 크게 키워가며, 오늘도 스승으로 살아갑니다.

스승으로 살아가는 기쁨

임용고시를 통과하고 교단에 섰을 때, 저는 이 자리가 얼마나 소중한지 알고 있었습니다. 수많은 경쟁을 뚫고 얻은 기회였고, 오랜 준비 끝에 이룬 꿈이었습니다. 하지만 그 무게가 오히려 저를 짓눌렀습니다. 지금 제가 잘하고 있는지, 이 일이 정말 제 적성에 맞는지 고민하는 나날들이 지속됐습니다. 수업을 하며, 학급 운영을 하며, 업무를 하며 그 질문은 반복되었고, 자주 마음의 무게를 느꼈습니다. 완벽주의적 성향 때문이었을까요. 아니면 신규 교사라는 불안정한 위치 때문이었을까요. 항상 스스로를 의심했습니다.

그러나 그런 불안과 의심 속에서도, 저를 지탱해 주는 무언가가 있었습니다. 그것은 예상치 못한 순간에 찾아오는 아이들의 작은 표현들이었습니다.

학기 말이 다가오던 어느 날, 한 학생이 종이 한 장을 건넸습니다.

"선생님, 여기요."

펼쳐보니 그림이었습니다. 서툰 선으로 그린 것은 바로 제 모습이었습니다. 그 옆에는 작은 글씨로 '승현쌤 사랑해요♡'라고 적혀 있었습니다.

"○○아, 이거 선생님이야?"
"네, 밤을 새워 그렸어요."
"와, 너두 예쁘다. 정말 고마워."

그날 저녁, 집에 돌아와 그림을 책상 앞에 붙였습니다. 그리고 한참을 바라봤습니다.

'아, 내가 이 자리에 있어야 할 이유가 분명히 있구나.'

며칠 후, 또 다른 학생이 편지를 건넸습니다.

'승현 선생님께,
저는 나중에 교사가 되는 게 꿈인데 어떤 교사가 되고 싶냐는 질문을 받으면 저는 무조건 "승현쌤 같은 교사가 될래!"라고 말할 것 같아요. 선생님과 하는 대화 하나하나가 저한테는 다 의미 있고 소중한 기억이 되었어요. 저는 국어를 잘하진 않지만 항상 승현쌤 수업을 들으면 국어 선생님이 되고 싶다고 생각해요.'

이승현 완벽하지 않아도 괜찮아

편지를 읽는 순간, 눈물이 났습니다. 기쁨의 눈물이었습니다. 한 학생이 자신의 소중한 롤모델을 저와 같은 사람으로 정해주었다는 것. 그것이 정말 기쁘고 벅찼습니다.

다짐했습니다. 어디선가 저를 미래의 롤모델로 그리고 있을 누군가를 위해 정말 모범을 보여야겠다고요. 그리고 교사라는 직업을 다시 한번 사랑해야겠다고 느꼈습니다. 이 길이 얼마나 소중하고 의미 있는지를, 한 통의 편지가 일깨워 주었습니다.

학생들은 다양한 방식으로 사랑을 표현했습니다.

복도에서 "선생님, 오늘 너무 멋지세요!"라고 외치는 학생.

수업이 끝나고 "오늘 수업 진짜 재밌었어요"라고 말하는 학생.

수업 시작 종이 치면 "선생님, 짐 들어드리러 왔어요. 같이 가요!"라며 교무실 앞에서 기다리는 학생.

작은 것들이었습니다. 하지만 그 작은 것들이 모여 제게는 거대한 힘이 되었습니다. 교사의 효능감은 거창한 성과나 눈에 보이는 변화에서만 오는 것이 아니었습니다. 오히려 학생들이 보내는 작은 사랑과 신뢰 속에서 조용히 자라나고 있었습니다.

모든 학생이 저를 사랑할 수는 없습니다. 어쩌면 저를 좋아하지 않는 학생도 있을 것입니다. 그것이 현실입니다. 하지만 이렇게 저를 사랑해 주는 학생들이 있다는 것만으로도 충분합니다.

보람을 느끼며 살아갈 수 있는 직업을 가졌다는 것이 참 감사합니다. 아침에 눈을 뜨면 만날 아이들이 있고, 그 아이들이 보내는 작은 사랑에 하루를 시작하고 마무리할 수 있다는 것. 제가 준비한 수업으로 누군가의 눈이 반짝이고, 제가 건넨 말 한마디가 누군가에게 위로가 되는 이 순간들. 이 모든 것이 스승으로 살아가는 기쁨입니다.

그래서 오늘도 교단에 섭니다. 여전히 불안하고, 여전히 부족하지만, 학생들이 보내는 사랑을 가슴에 품고 나아갑니다. 이렇게 보람을 느끼며 살아갈 수 있다는 것, 스승으로 살아가는 기쁨을 매일 경험할 수 있다는 것에 감사합니다. 그리고 그 기쁨이 있는 한, 계속해서 이 길을 걸어갈 것입니다.

이승현 완벽하지 않아도 괜찮아

교사이기 전에, 이승현

여름방학이 시작되었습니다. 드디어 쉴 수 있다는 안도감도 잠시, 몸이 말을 듣지 않았습니다. 아침에 일어나기가 힘들었고, 침대에서 나오는 것 자체가 고역이었습니다. 며칠을 그렇게 무기력하게 보낸 어느 날 아침, 무거운 몸을 이끌고 화장실 거울을 마주했다가 깜짝 놀랐습니다. 거울 속에는 얼굴이 많이 수척해지고 눈 밑에 다크서클이 깊게 패인 낯선 사람이 서 있었습니다.

'이렇게 살면 안 되겠구나.'

그때 깨달았습니다. 학생들을 위해 최선을 다하려면, 먼저 저 자신이 건강해야 한다는 것을요. 그리고 더 본질적인 깨달음이 있었습니다. 저는 교사이기 전에 한 명의 사람이라는 것입니다. 이승현이라는 한 인간으로서의 삶을 잃어버린다면, 교사로서의 삶 또한 온전할 수 없다는 것을 알게 되었습니다.

단언하기는 어렵지만, 교사는 그 어떤 직업보다 감정적으로나 체력적으로 많은 소모를 겪게 되는 직업이라고 느낍니다. 성장기의 학생들과 매일 마주하는 일상에서 교사는 단순히 지식을 전달하는 역할을 넘어, 학생들의 고민과 감정에 대응하고 때로는 학부모님과의 소통까지 담당해야 하기 때문에 감정 노동이 매우 큽니다. 여기에 수업 준비와 학급 운영, 평가 등 여러 가지 업무에 쫓기다 보면, 몸과 마음 모두 지칠 수밖에 없습니다.

  물론 신규 교사로서 고민이 많았습니다.

'더 노력해야 하지 않을까?'
'내가 더 할 수 있는 부분은 없을까?'

  끊임없이 스스로를 돌아보며 부족함을 채우려 애썼습니다. 하지만 시간이 지나며 깨달았습니다. 한 사람으로서의 중심을 잃지 않는 것이 결국 더 나은 교사로 살아가는 길이라는 것을요.

  그렇게 의식적으로 저만의 시간을 만들어갑니다. 독서를 하며 마음을 가라앉히고, 필라테스를 하며 굳어진 몸과 마음을 풉니다. 주말에는 캠핑을 떠나기도 합니다. 자연 속에서 텐트를 치고, 불을 피우고, 별을 바라보는 그 순간들 속에서 저는 교사가 아닌 그저 이승현으로 돌아갑니다.

  처음에는 이런 시간들이 어색했습니다. 학생들 생각, 수업 생각, 학교 생각에서 완전히 벗어나는 것이 쉽지 않았습니다. 하지만 점차 알게 되었습니다. 이렇게 온전히 '나'로 존재하는 시간이 있어야, 다시 교실로 돌아갔을 때 더 건강한 마음으로 아이들을 마주할 수 있다는 것을요.

방학이 끝나갈 무렵, 2학기 준비를 시작했습니다. 하지만 1학기 때와는 달랐습니다. 무리하지 않았습니다. 수업 준비도 하지만, 남은 시간은 저를 위해 썼습니다. 독서도 하고, 운동도 하고, 친구들도 만났습니다. 그러니 수업 준비도 더 즐거워졌습니다. 마음의 여유가 생기니 아이디어도 더 잘 떠올랐습니다.

'아, 이렇게 하는 거구나.'

퇴근 후 이승현으로 살아가는 시간이 교단에 서는 시간만큼이나 소중하다는 것을 깨달았습니다.

2학기가 시작되었습니다. 학생들이 물었습니다.

"선생님, 방학 때 뭐 하셨어요?"
"음, 책도 읽고 운동도 하고 캠핑도 다녀왔어."
"우와! 선생님 보면 뭔가 활기차 보여요!"

학생들도 느끼는 변화였습니다. 1학기 때는 늘 피곤해 보였을 것입니다. 지친 얼굴로 교실에 들어가고, 수업이 끝나면 기진맥진해서 교무실로 돌아왔으니까요. 하지만 2학기의 저는 달랐습니다. 활력이 있었습니다. 수업도 더 즐겁게 했고, 학생들과의 대화도 더 여유롭게 나눴습니다.

동료 교사가 물었습니다.

"선생님, 요즘 정말 좋아 보여요. 무슨 좋은 일 있나요?"
"저요? 그냥 제 자신을 좀 더 챙기려고 노력하고 있어요. 저를 챙겨야 학생들도 더 잘 챙길 수 있더라고요."

이제는 압니다. 교사로서 최선을 다하는 것과 개인으로서의 삶을 소중히 여기는 것이 결코 대립하지 않는다는 것을요. 오히려 이승현으로서의 삶이 충만할 때, 교사로서도 더 나은 모습으로 학생들 앞에 설 수 있습니다. 지친 사람이 아닌 활력 있는 사람으로, 소진된 교사가 아닌 여유로운 교사로 아이들을 만날 수 있습니다.

평일 퇴근 후에는 여전히 운동을 하고, 가끔 카페에 가서 책을 읽고, 주말이 되면 여전히 캠핑을 다닙니다. 텐트를 치고 불을 피우며 그저 이승현으로 존재합니다. 평일 아침, 학교에 갈 때면 다시 교사 이승현으로 돌아갑니다. 하지만 이제는 그 전환이 부담스럽지 않습니다. 두 자아가 조화롭게 공존하고 있으니까요.

이승현 완벽하지 않아도 괜찮아

교사이지만 한 명의 인간입니다. 이승현으로서의 삶과 교사로서의 삶이 조화를 이룰 때, 비로소 학생들에게 더 나은 교사로 다가갈 수 있습니다. 오늘도 저를 돌봅니다. 교사로서의 저도, 이승현으로서의 저도, 모두 소중하게 여기며 살아가고자 합니다.

완벽하지 않아도 괜찮아

12월, 신규 교사로서의 첫해가 끝을 향해 달려갑니다. 학생들이 하나둘 다가와 인사했습니다.

"선생님, 1년 동안 감사했습니다."

신규 교사로서의 첫해를 돌아보면, 저는 수많은 '처음'을 경험했습니다. 수업 준비에 고군분투하며 행복을 발견했고, 학생들을 먼저 사랑하는 법을 배웠으며, 학급 운영에서 시선을 바꾸는 법을 깨달았습니다. 상처받고 치유받는 과정을 겪었고, 학생들이 보내는 작은 사랑 속에서 교사로서의 의미를 발견했습니다. 교사이기 전에 한 명의 인간으로 살아가는 것의 중요성을 알게 되었습니다.

이 모든 경험들이 저에게 가르쳐준 것은 하나였습니다. 완벽하지 않아도 괜찮다는 것, 진심이 중요하다는 것, 그리고 있는 그대로를 사랑하는 것이 교사의 역할이라는 것이었습니다.

처음 교단에 섰을 때, 저는 완벽한 교사가 되고 싶다는 강박에 시달렸습니다. 모든 것이 완벽해야 하고, 모든 학생을 변화시킬 수 있어야 한다고 믿었습니다. 하지만 현실은 달랐습니다. 실수했고, 부족했으며, 때로는 좌절했습니다.

그런데 신기하게도, 그 불완전함 속에서 진짜 교사로 성장할 수 있었습니다. 완벽하지 않기에 학생들과 더 솔직하게 마주할 수 있었고, 부족하기에 끊임없이 배우고 노력할 수 있었으며, 좌절하기에 작은 행복에 더 깊이 감사할 수 있었습니다.

이제는 압니다. 교사의 역할은 지식을 전달하는 것을 넘어선다는 것을요. 저는 학생들에게 나이만 많은 사람이 아닌, 자신의 삶을 사랑하며 함께 성장할 줄 아는 진정한 의미의 '어른'이 되고 싶습니다.

이러한 깨달음 속에서 저의 교직관은 확고해졌습니다. 교사는 학생들이 사회에 나가서도 건강한 삶을 살 수 있도록 돕는 사람입니다. 그들을 있는 그대로 사랑하고, 그들의 작은 성장을 발견하며, 그들에게 올바른 삶의 태도를 보여주는 사람이 되는 것. 그것이 제가 지키고자 하는 교직관입니다. 저는 완벽하지 않지만 진심으로, 부족하지만 최선을 다하며, 학생들과 함께 성장하는 교사로 살아가고자 합니다.

물론 여전히 부족하고, 배워가는 중입니다. 하지만 이제는 그것이 두렵지 않습니다. 완벽하지 않아도 괜찮다는 것을, 진심이면 충분하다는 것을 알게 되었으니까요.

1부 회복 멘탈 업데이트 중

3월, 다시 새 학기가 시작됩니다.

이번에도 담임을 맡게 되었습니다. 새로운 학생들, 새로운 도전이 기다리고 있습니다.

여전히 떨리고 불안하지만, 작년의 제가 아닙니다. 조금은 단단해졌습니다.

책상 서랍에는 작년 학생들이 준 편지와 그림이 고이 보관되어 있습니다. 힘들 때마다 꺼내보며 힘을 얻을 것입니다.

신규 교사로서의 첫해는 지나갔지만, 교사로서의 여정은 이제 시작입니다.

완벽하지 않아도 괜찮습니다. 진심이면 충분합니다. 그 진심으로 오늘도 교단에 섭니다.

실수투성이 교사의
교단 표류기

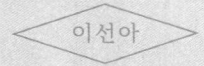
이선아

그 길 위에서 만날

모든 실수는

성장의 거름이 될 거예요.

실수투성이의 교단 이야기

이른 아침, 학교는 숨소리마저 삼켜버린 듯 고요했습니다. 갓 다림질한 새하얀 와이셔츠의 단추를 목 끝까지 꼭꼭 여미고, 검은색 정장 치마를 다시 한번 매만졌습니다. 텅 빈 복도엔 잔뜩 긴장한 제 구두 굽 소리만 유난히 크게 울렸죠. 3층으로 향하는 계단을 한 칸 한 칸 오르며 심장이 금방이라도 튀어나올 듯 빠르게 뛰기 시작했습니다. 첫 출근이라는 설렘과 두려움이 교차하는 그 찰나, 제가 왜 이 자리에 서게 되었는지, 교사가 되기로 마음먹었던 오래전 기억 하나가 머릿속을 스쳤습니다.

"네 엄마가 말이다, 참 똑똑했었어. 선생님이 되고 싶어 했었는데…"

매미 소리가 요란하던 어느 여름날이었습니다. 시원한 수박을 베어 물며 할머니와 마주 앉아 있던 오후, 할머니는 문득 어머니의 어린 시절 이야기를 꺼내셨어요. 7남매 중 셋째였던 어머니는 공부를 무척 잘했다고 합니다. 늘 반에서 상위권을 놓치지 않았고, 특히 수학을 잘해서 선생님들의 기대를 한 몸에 받았다고 했죠.

"그땐 말이다, 딸자식 공부시키는 게 쉽지 않았어. 네 엄마가 얼마나 선생님이 되고 싶어 했는지 모른다. 하지만⋯."

할머니의 말끝이 잠시 떨렸습니다. 긴 한숨과 함께 이어진 이야기는 가난이라는 현실이었어요. 동생들의 학비를 위해 어머니는 교복 대신 작업복을 입고 일찍 생활 전선에 뛰어들어야 했다고 합니다. 그 이야기를 듣고서야 비로소 이해할 수 있었어요. 엄마가 왜 제 공부를 그토록 세심하게 챙기셨는지, 제가 숙제할 때면 왜 그렇게 반짝이는 눈으로 옆에서 설명해 주셨는지를 말이에요.

그날 이후, 엄마의 모든 행동이 다르게 보이기 시작했습니다. 출근 준비를 하면서도 틈틈이 제 수학 문제를 봐주시던 모습, 야근 후 녹초가 되어 돌아와서도 제 영어 단어를 체크해 주시던 순간들⋯. 그 모든 것이 단순한 관심이 아닌, 못다 이룬 꿈을 향한 엄마만의 사랑법이었다는 걸 깨달았어요.

고3이 되어 진로를 고민하던 어느 날이었습니다. 늦은 밤, 부엌 식탁에 마주 앉아 붉은 딸기를 씻어 먹으며 조심스레 입을 열었습니다.

"엄마는 내가 어떤 길을 가면 좋을 것 같아?"

무심코 던진 질문에 엄마는 잠시 생각에 잠기셨습니다. 이내 다정한 눈빛으로 저를 지긋이 바라보셨죠.

"너는 친구들 가르치는 걸 참 좋아하지 않아? 중학교 때 다영이가 그랬잖아. 네가 설명해 주면 참 이해가 잘 된다고."

그러고 보니 그랬습니다. 수학 문제를 친구들에게 설명할 때면 늘 즐거웠어요. 어려운 개념을 쉽게 풀어내는 것이 재미있었고, 친구들이 이해했다며 환하게 웃을 때면 저도 모르게 가슴이 벅차올랐습니다. 당시에는 그저 자연스러운 일상이라고만 생각했어요. 하지만 지금 되돌아보니, 그때부터 제 안에는 이미 교사가 되고 싶은 마음이 작은 씨앗처럼 심겨 자라나고 있었던 것 같습니다.

엄마는 그날 밤 처음으로 자신의 꿈에 대해 속내를 털어놓으셨습니다. 교단에 서고 싶었던 순간들, 그리고 그 꿈을 가슴에 묻어야 했던 이야기까지. 엄마의 이야기를 들으며 마음 한켠이 묵직해졌습니다. 그리고 그 묵직함은 점차 저의 새로운 꿈으로 피어나기 시작했어요.

대학 입시를 준비하면서 교육학과를 알아보기 시작했습니다. 선생님들과 상담도 하고, 교사의 삶에 대해 진지하게 고민했어요. 그 과정에서 확신했습니다. 이것은 단순히 어머니의 꿈을 대신 이루어드리는 것이 아니라, 제가 진정으로 원하는 길이라는 것을요.

다시 현재로 돌아와, 교실 문 앞에 서서 지난날들을 떠올립니다. 할머니를 통해 알게 된 엄마의 꿈 이야기, 그 뒤 엄마와 나누었던 마음 깊은 대화들, 그 모든 순간들이 지금의 저를 여기까지 이끌어주었어요. 문고리를 잡은 손에 지그시 힘이 들어갑니다. 이제는 제가 만들어갈 차례예요. 엄마의 꿈이자 제 꿈인 이 이야기를, 새로운 장으로 써 내려갈 시간입니다.

깊은숨을 들이마시고, 천천히 교실 문을 열었습니다. 창가로 비치는 따스한 햇살이 교실을 가득 채우고, 깨끗이 정돈된 책상들이 저를 반깁니다. 이제 곧 아이들의 재잘거리는 목소리로 가득 채워질 이곳에서, 가슴 뛰는 저만의 수업을, 비록 서툴고 실수투성일지라도 진심을 다한 새로운 이야기를 시작하려 합니다.

여전히 시험이 싫습니다

학창 시절, 달력의 숫자가 빨간 동그라미 쳐진 시험 날짜에 가까워 질수록 어김없이 배가 아파왔습니다. 손끝은 한겨울 고드름처럼 차가워지고, 밤잠을 설치는 건 당연한 일상이었죠. 시험 전날이면 마치 배안에서 롤러코스터를 타는 듯 속이 울렁거렸어요. 혹시라도 실수할까봐 교과서를 통째로 씹어 먹을 듯이 외울 정도로 시험 강박은 심했습니다. 그때는 모두가 그렇게 공부하는 줄 알았어요. 시험지 위엔 오점하나 없는 완벽한 정답만이 존재해야 하며, 그것이 곧 제 인생의 성적표라고 믿었으니까요.

중학교 3학년 겨울, 입김이 하얗게 나오던 그날의 기억은 아직도 선명합니다. 기말고사 수학 시험 시간이었습니다. 늘 하던 대로 문제를 읽고, 샤프심이 부러질 듯 꾹꾹 눌러가며 풀이 과정을 써 내려갔습니다. 그런데 마지막 문제를 풀고 나서 뭔가 이상했어요. 평소보다 시간이 너무 넉넉하게 남았거든요. 불길한 예감에 다시 검토하려던 순간, 야속하게도 마감 종이 울려버렸습니다.

결국 저는 가장 어이없는 실수를 저지르고 말았습니다. 복잡한 계산은 다 맞았는데, 마지막 정답을 적으며 부등호의 입을 반대로 벌려 놓은 것입니다. 정답은 오른쪽을 향해 입을 벌려야 했는데, 제 답안지의 부등호는 굳게 닫힌 왼쪽을 향하고 있었죠. 이 사소하고도 결정적인 실수가 며칠 내내 머릿속을 헤집었습니다. 시간을 되돌릴 수만 있다면…. 며칠 동안 입안 가득 따갑게 돋은 혓바늘이 제 속 타는 마음을 대변하고 있었죠.

그날 밤, 학원에 다녀와 불 꺼진 방 침대에 힘없이 누워있었어요. 엄마는 며칠 전부터 이어지는 무거운 침묵을 느끼셨는지, 살며시 다가와 제 머리맡에 앉아 옛날이야기를 꺼내셨습니다.

"너 어렸을 때 남들보다 말을 얼마나 늦게 시작했는지 기억도 안 나지? 남들이 다 '엄마' 할 때 너는 울 때도 '움마'하고 배고파도 '움마'하고 '움마'밖에 못했었어. 그때 엄마가 얼마나 걱정했는데, 지금 봐봐라. 얼마나 말을 잘해!"

어둠 속에서도 엄마의 목소리에는 따뜻한 웃음이 배어 있었어요. 서툰 제 발음을 흉내 내며 '움마'라고 하실 땐, 저도 모르게 이불 속에서 '픽' 하고 웃음이 새어 나오더라고요.

"실수할 수도 있고, 시험 좀 못 볼 수도 있지. 근데 그런 게 뭐 그렇

90

게 큰일이겠어. 엄마는 네가 이렇게까지 속상해한다는 게 더 기특해. 그건 네가 그만큼 치열하게, 진심으로 노력했다는 증거니까. 그러니까 너무 자책하지 말고, 그냥 네 속도로 가자."

  그 순간, 제 안에 꽁꽁 묶여있던 매듭이 스르르 풀리는 것 같았어요. 그동안 얼마나 스스로를 채찍질하며 살았는지 깨달았습니다. 엄마의 말씀은 새로운 시선을 열어주었어요. 열심히 노력했다면, 그만큼 속상해하고 아파해도 된다는 것. 하지만 그 아픔이 제 발걸음을 멈추게 해서는 안 된다는 것. 그리고 조금 느리더라도 계속 앞으로 나아가면 된다는 것을요.
  그날 이후로 조금씩 달라지기 시작했습니다. 실수가 더 이상 저를 집어삼키는 폭풍우가 되지 않았어요. 완벽하지 않아도 괜찮다는 것, 실수가 성장의 한 과정일 수 있다는 것을 몸으로 배워갔습니다. 실수는 우리가 아직 완성되지 않았다는 증거이고, 그렇게 우리는 조금씩 단단해지면서 우리만의 속도로 성장해 간다는 것을 알게 되었어요.

  지금도 교단에 서서 시험 문제를 만들 때면, 그때의 기억이 떠오릅니다. 시험지 한 장에 세상이 무너질 듯 긴장된 아이들의 표정을 보면 옛날의 제가 거울처럼 비쳐 보여요. 그래서 아이들에게 자주 이야기합니다.

  "괜찮아, 실수는 누구나 하는 거야. 시험 점수가 네 모든 것을 말해

이선아 실수투성이 교사의 교단 표류기

주진 않아. 오히려 이런 아쉬운 순간들이 우리를 더 성장하게 만드는 걸지도 몰라. 틀리면 뭐 어때. 다음에 맞히면 되지."

시험이 세상에서 제일 무서웠던 학생이 교사가 되어, 이제는 시험에 대한 두려움을 가진 학생들을 위로하게 되었습니다. 어쩌면 제가 겪었던 그 고통이 있었기에, 지금 제가 더 따뜻한 교사가 될 수 있는 것 같아요. 실수를 두려워하지 않고, 과정을 소중히 여기며, 자신의 속도로 성장할 수 있는 교실을 만들고 싶었습니다. 그리고 지금도 부단히 노력하고 있어요.

이제는 저도 우리 아이들에게 엄마의 마음으로 말합니다.

"괜찮아, 뭐 그럴 수도 있지. 틀릴 수도 있지. 조금 늦을 수도 있고, 실수할 수도 있어. 노력한 만큼 아쉬운 마음 드는 건 당연한 거지. 중요한 건 속도가 아니라 방향이니까. 너는 지금도 너만의 속도로, 충분히 잘 가고 있어."

숙제를 자주 깜박하는 학생

유난히 햇살이 좋던 아침 조회 시간, 한 학생이 쭈뼛거리며 교탁 앞으로 나왔습니다.

"선생님, 숙제를… 집에 두고 왔어요."

모기만 한 목소리로 말하며 고개를 푹 숙인 아이의 정수리에서 제 어린 시절을 보았습니다. 사실 저도 그랬거든요. 졸린 눈을 비벼가며 밤늦게까지 공들여 한 숙제를 급하게 나오느라 두고 온 적이 한두 번이 아니었습니다. 특히 미술 시간의 준비물은 더 자주 깜빡했어요. 며칠 동안 정성스레 만든 미술 작품을 집에 둔 채 빈손으로 학교에 와서야 깨달았을 때의 그 아찔함, 발밑이 푹 꺼지며 심장이 쿵 내려앉는 기분은 아직도 잊히지가 않아요.

그때마다 엄마는 바쁜 출근길을 뒤로 미루고 학교로 숙제를 가져다 주셨죠.

이선아 실수투성이 교사의 교단 표류기

"괜찮아, 엄마가 가져다줄게. 다음부턴 꼭 확인하고 나오기야."

이마에 송골송골 맺힌 땀을 닦으며, 회사에 늦을까 봐 헐레벌떡 뛰어가시는 엄마의 뒷모습을 보며, 매번 죄송한 마음에 눈물이 핑 돌았습니다. 하지만 그때 엄마는 한 번도 절 혼내지 않으셨어요. 대신 조용히 제 손을 잡고 가방 정리하는 법을 하나하나 알려주셨죠. 시간표를 보면서 준비물을 챙기는 방법, 전날 밤에 미리 가방을 싸두는 습관, 현관 옆에 준비물 놓는 장소를 정해두는 것까지. 엄마는 따끔한 꾸중 대신 실질적인 해결책을 주셨어요.

"네가 깜빡하는 건, 네가 게으르거나 나쁜 아이라서가 아니야. 다만 아직 습관이 들지 않은 거겠지. 우리 함께 방법을 찾아보자."

그 말씀이 제게는 큰 위로가 되었습니다. 실수가 실패나 잘못은 아니라는 것, 중요한 건 그 실수를 어떻게 개선해 나가느냐는 것을 배웠어요.

시간이 흘러 교사가 된 지금, 숙제 검사를 하던 교실에서 비슷한 풍경이 펼쳐졌습니다.

"자, 이제 지난 시간에 냈던 숙제 검사할 거예요."

순간 교실 뒤쪽에서 땅이 꺼질 듯한 작은 한숨 소리가 들렸어요. 고개를 돌려보니 평소 누구보다 성실한 민지가 책상에 얼굴을 파묻고 있었죠.

"선생님…, 숙제 다 했는데…, 집에 두고 왔어요."

금방이라도 울 것 같이 파르르 떨리는 목소리로 말하는 민지의 모습이, 마치 어릴 적 거울 속의 저를 보는 것 같았어요. 저도 그랬으니까요. 밤새 열심히 한 숙제를 깜빡하고 놓고 온 그 순간의 절망감을 저는 너무나 잘 기억합니다.

"다 했다고? 그랬구나. 밤새 열심히 했을 텐데 얼마나 속상하니."
"네…. 어제저녁에요. 책상 위에 있는 것까지 봤는데…."
"괜찮아. 선생님도 그런 적 있어. 열심히 한 건 변하지 않아. 내일은 가져올 수 있을까?"

잔뜩 겁먹었던 아이의 눈이 조금씩 맑아지기 시작했어요. 선생님이 믿어준다는 안도감 때문이었겠죠. 그리고 저는 이어서 말했습니다.

"우리 반 친구들 모두 들어봐요. 선생님이 여러분한테 꼭 하고 싶은 말이 있어요. 숙제를 안 하는 것과 했는데 깜빡하고 안 가져오는 건 전혀 다른 거예요. 물론 둘 다 결과적으로는 숙제를 제출하지 못했지만, 선생님은 여러분이 책상 앞에 앉아 노력했던 그 과정도 결과만큼이나 소중하게 생각한답니다."

웅성거리던 교실이 일순간 조용해졌어요. 아이들의 눈빛이 사뭇 진지하게 달라지는 게 보였습니다.

"대신 우리 함께 같은 실수를 하지 않을 방법을 찾아볼까요? 시간표 뒷면에 내일 가져와야 할 준비물을 적는 건 어떨까? 아니면 알림장에 크게 체크 표시를 하는 것도 좋겠다."

이제는 숙제 검사하는 날이면, 우리 반에는 새로운 풍경이 생겼어요. 친구가 숙제를 깜빡했을 때, 놀리거나 비난하기보다 아이들이 먼저 나서서 위로해 주고 방법을 제안하죠.

"나도 그런 적 있어. 괜찮아."
"나는 핸드폰 숙제 챙겨가기! 라고 알람 맞춰놓는데, 한번 해볼래?"

실수를 너그럽게 받아들이는 법을 배운 아이들의 모습을 보면, 가슴 한편이 뭉클해집니다. 제가 엄마에게서 받았던 그 따뜻한 이해가, 이제는 교실 안에서 아이들 사이에 작은 파도처럼 퍼져나가고 있는 것 같아서요.

그래서 매일 아침, 숙제를 깜빡한 아이를 마주할 때마다 제 어린 시절을 떠올립니다. 그리고 그 아이의 눈을 따뜻하게 바라보며 말해요.

"실수했다고 네가 나쁜 학생인 건 아니야. 누구나 그럴 수 있어. 우리 함께 방법을 찾아보자. 선생님도 네 나이 때는 매일 '깜빡 대장'이었거든. 그치만 이제는 이렇게 선생님이 되어있잖아? 너도 충분히 할 수 있어. 그리고 무엇보다, 네가 노력한 그 예쁜 마음을 선생님은 다 알고 있단다."

노래 부를 땐
염소보다 더 떨었던 학생

"자, 다음은 음악 시간입니다."

선생님의 말씀이 떨어지기가 무섭게 손끝이 파르르 떨리고 심장이 쿵쾅거렸습니다. 중학교 2학년, 제게 음악 시간은 공포영화보다 더 무서운 공포 그 자체였습니다. 특히 수행평가 기간이면 악몽을 꾸느라 밤잠도 설쳤죠. 혼자서 연습할 때는 그럭저럭할 것 같은데, 친구들 앞에만 서면 목소리는 겁먹은 염소처럼 떨리고 음정은 길 잃은 아이 마냥 엉망이 되었으니까요.

"음악은 평가를 받기 위한 게 아니라, 즐기는 거란다."

선생님의 위로가 무색하게, 저는 매번 수행평가에서 최하점을 받았어요. 노래를 부를 때마다 자꾸만 기어들어 가는 목소리, 제멋대로 틀어지는 음정, 그리고 그것을 지켜보는 반 친구들의 따가운 시선이 화살처럼 날아와 저를 옥죄었습니다. 지켜보던 엄마도 제 모습이 안타까

우셨나 봐요.

"음악학원에라도 보내줄까?"

고민하시던 엄마의 얼굴이 아직도 선명해요. 하지만 어느 날 엄마가 문득 이런 말씀을 하셨죠.

"노래가 아니어도 괜찮아. 악기를 다루는 것도 훌륭한 음악이란다."

엄마는 제 손에 자그마한 리코더를 쥐여주셨습니다. 처음에는 '도레미파' 운지법도 버거웠지만, 손가락이 점점 악기에 익숙해지면서 마법 같은 일이 일어났어요. 노래할 때처럼 떨리지 않았거든요. 오히려 즐거웠어요.

음악 시간에 여전히 노래 부르기는 힘들었지만, 대신 리코더 연주 시간이 기다려졌어요. 입만 벙긋거리며 붕어처럼 립싱크로 버텨야 했던 합창 시간과 달리 리코더를 불 때만큼은 누구보다 자신감이 넘쳤죠. 그렇게 조금씩, 제게도 음악이 더 이상 두렵지만은 않은 시간이 되어갔어요.

여전히 저는 노래방 마이크를 잡는 게 두려워요. 하지만 이제는 알아요. 음악이 꼭 노래를 '잘' 해야만 하는 대상이 아니라는 걸요. 그래서 저는 우리 반 아이들에게 조금 다른 음악 시간을 선물하려 합니다.

"오늘은 모두가 작곡가가 되는 날이에요."

아이들의 눈이 호기심 어린 별처럼 반짝입니다. 태블릿으로 간단한 작곡 앱을 실행하자 교실이 순식간에 근사한 베토벤의 작업실로 변해요. 음표를 잘 모르는 아이도 괜찮아요. 요즘은 AI 작곡 프로그램으로도 멋진 곡을 만들 수 있으니까요.

"선생님, 저희가 만든 노래예요!"

자신이 만든 멜로디를 들려줄 때 아이들의 얼굴에서 빛나는 자부심이 얼마나 예쁜지 몰라요. 노래를 부르는 게 어려운 아이도 이렇게 음악을 만들며 즐길 수 있다는 걸 보여주고 싶었어요.

수업의 수행평가도 달라졌어요. 더 이상 노래 실력만으로 아이들을 평가하지 않아요. 대신 자신만의 방식으로 음악을 표현하게 해요. 어떤 아이는 작곡을, 어떤 아이는 악기 연주를, 또 어떤 아이는 음악 감상문을 써요. 심지어 신나는 댄스로 음악을 표현하는 아이도 있죠.

"선생님, 저 노래는 잘 못해요…."

잔뜩 주눅 든 목소리로 말하는 아이에게 이렇게 말해요.

"괜찮아. 선생님도 어릴 땐 노래 부르는 게 정말 무서웠어. 하지만 음악은 노래가 전부가 아니란다. 네가 가장 빛날 수 있는 방법으로 음악을 만나면 돼.”

그러고는 '염소 목소리'라 놀림 받았던 제 어린 시절 이야기와 리코더를 통해 되찾은 자신감에 대해 들려줍니다. 그러면 아이들의 굳어있던 긴장이 봄눈 녹듯 조금씩 풀어지는 게 보여요.

이제 우리 반의 음악 시간은 작은 축제 같아요. 누군가는 신나게 노래하고, 누군가는 조용히 악기를 연주하고, 또 누군가는 태블릿으로 새로운 곡을 만들어내죠.

실수해도 괜찮아요. 음이 틀려도 괜찮아요. 중요한 건 음악을 즐기는 마음이니까요.

어쩌면 음악을 어려워했던 그 시절이 있었기에, 지금 아이들에게 '틀려도 괜찮은 음악, 세상에서 가장 자유로운 음악'을 가르쳐 줄 수 있는 게 아닐까요?

매일 아침 수업을
걱정하는 걱정 인형

아침마다 습관처럼 거울 앞에서 오늘의 수업을 리허설해 봅니다.

"자, 오늘은 이 부분에서 이렇게 설명하고… 여기서 예시를 들고…."

밤새 준비한 수업 자료를 머릿속으로 수없이 외우고, 수업 흐름을 되새김질하며 학교로 향합니다. 하지만 발걸음은 무겁기만 합니다. 마음 한켠에 자리 잡은 걱정 인형이 끊임없이 말을 걸거든요.

'준비한 대로 흘러가 줄까? 아이들이 지루해하진 않을까? 혹시 시간이 부족하면 어떡하지?'

문득 교생실습 시절이 떠오릅니다. 당시 멘토 선생님께서는 오차 없는 가이드라인을 주셨어요.

"도입 5분, 활동 1은 10분, 활동 2는 15분… 정리 5분. 딱 떨어져야 한다."

마치 1g의 오차도 허용하지 않는 미슐랭 셰프의 레시피처럼, 1분 1초가 딱딱 맞아떨어지는 계획표였죠. 그때는 그게 정답이라고 믿었습니다. 완벽한 수업이란, 잘 짜인 각본처럼 계획한 모든 활동을 정해진 시간 안에 깔끔하게 마무리하는 것이라고요.

하지만 현실의 교실은 예상과는 전혀 다른 생물과도 같았습니다.

"선생님, 근데 이거 왜 이렇게 되는 거예요?"

수업 중간에 훅 치고 들어온 예상치 못한 질문. 처음에는 눈앞이 캄캄했습니다. '지금 진도 나가야 하는데….' 머릿속에는 다음 보여줘야 할 자료들이 있는데, 이 질문에 시간을 쏟으면 공들여 짠 계획이 와르르 무너질 것 같았거든요.

"그건… 다음 시간에 배울 거예요."

서둘러 다음 슬라이드로 넘어가려던 그때, 아이의 눈동자가 제 마음을 턱 하니 붙잡았습니다. 단순한 딴짓이 아닌, 호기심으로 일렁이는 그 눈빛에 무언가가 걸렸습니다.

'아, 지금이 바로 진짜 배움이 일어나는 순간이 아닐까?'

저는 용기를 내어 처음으로 '계획된 고속도로'를 벗어나 보았습니다.

"좋은 질문이야! 왜 그렇게 됐을까? 우리 다 같이 머리를 맞대고 고민해 볼까?"

그 한마디에 아이들의 참여도가 놀랍게 높아졌습니다. 준비한 수업은 미뤄졌지만 교실은 그 어느 때보다 생동감 넘치는 열기로 가득 찼죠.

이제는 매일 아침 거울 앞에서 이렇게 다짐합니다.

'오늘도 열심히 준비했어. 하지만 모든 게 계획대로 되지 않아도 괜찮아. 우리는 함께 배우는 중이니까.'

물론 수업 준비는 여전히 꼼꼼히 합니다. 하지만 이제 그 준비는 수업을 가두는 딱딱한 '틀'이 아니라, 아이들이 마음껏 뛰어놀 수 있는 폭신한 '안전망'이 되었습니다. 아이들의 질문과 호기심이 수업을 이끌어가고, 제가 준비한 자료는 그것을 든든하게 받쳐주는 역할일 뿐이죠.

어떤 날은 준비한 PPT의 절반도 보여주지 못할 때가 있어요. 아이들의 질문과 토론으로 시간이 다 가버리니까요. 처음에는 이것도 실패한 수업이라고 자책했습니다. 하지만 지금은 달리 봅니다. 오히려 그런 날의 교실이 더 살아 숨 쉬지 않나요?

"선생님, 오늘 수업 진짜 재미있었어요!"

하교하는 아이의 한마디가 아침의 무거운 걱정을 봄눈 녹듯 씻어냅니다. 그래요, 우리는 모두 완성형이 아니에요. 선생님도, 아이들도 수업도 매일 조금씩 성장하고 있는 중이니까요.

매일 아침 여전히 걱정됩니다. 여전히 부족할 것 같고, 더 준비해야

104

할 것 같아요. 하지만 이제는 알아요. 그 걱정이 저를 더 나은 교사로 만들어주는 원동력이라는 것을.

완벽함을 향한 강박이 함께 성장하고 싶은 설렘으로 바뀌었다는걸요.

그래서 이제 매일 아침 교실 문을 열면서 마음을 다잡습니다.

'뭐 어때, 완성이란 건 원래 어려운 거지. 대신 우리는 매일 더 나아지고 있잖아.'

수업 준비가 부족하게 느껴질 때도 예상치 못한 질문에 말문이 막힐 때도, 계획했던 활동을 다 못 끝낼 때도 이제는 덜 두렵습니다. 오히려 그런 '따뜻한 빈틈'들이 우리 교실을 더 풍성하게 만들어준다는 걸 믿게 되었어요. 아이들의 질문은 새로운 배움의 문을 열어주고, 예상치 못한 대화는 더 깊은 이해로 이어지니까요.

완벽하게 짜인 각본 같은 수업보다는 따뜻한 빈틈이 있는 수업을 계획된 수업도다는 살아있는 수업을 꿈꾸며 오늘도 교단에 섭니다. 여전히 걱정 많은 선생님이지만, 그 걱정은 이제 두려움이 아닌 기분 좋은 설렘이 되었습니다.

"자, 오늘은 또 어떤 예상치 못한 배움이 우리를 기다리고 있을까요? 함께 찾아볼까요?"

이선아 실수투성이 교사의 교단 표류기

웃음 참기 대회에선
늘 1초 만에 탈락

중학교 시절, 사회 선생님은 항상 허를 찌르는 농담으로 수업을 여셨습니다. 마치 깐깐한 호랑이처럼 엄격해 보이는 첫인상과 달리, 선생님의 재치 있는 한마디는 우리를 순식간에 수업 속으로 빨려 들어가게 했죠.

"고구려 광개토대왕이 왜 '광개토'인지 알아? 영토를 마구 '광'(확장)해서 '개토'했거든!"

지금 들으면 손발이 오그라들 '아재 개그'였지만, 당시에는 선생님이 그 진지한 표정으로 그런 말씀을 하실 때면 교실이 떠나가라 웃음바다가 되었습니다. 그때는 몰랐습니다. 선생님의 그 유머가 얼마나 큰 힘을 가졌는지를. 우리는 그저 재미있다고만 생각했지만, 실은 그 웃음 속에 역사가 숨 쉬듯 자연스럽게 스며들고 있었던 거예요.

정작 교사가 된 저는, 처음에는 '근엄함'이라는 가면을 쓰려고 애썼습니다. '교사는 무게가 있어야 해.', '수업 시간은 진지해야 해.'라는 강

106

박으로 일부러 표정을 굳히곤 했죠. 하지만 아이들은 달랐습니다.

하루는 세종대왕 이야기를 하는데, 한 아이가 눈을 동그랗게 뜨고 손을 번쩍 들었어요.

"선생님! 세종대왕님이 한글을 만드신 게… 백성들이 너무 답답해 보여서 그런 거예요? 저도 동생 숙제 가르쳐줄 때 답답해서 말보다 쉬 운 거 알려주고 싶었거든요!"

"푸웁!"

순간 저도 모르게 웃음이 터질 뻔했습니다. 하지만 교사의 위엄을 지키려 필사적으로 입술을 깨물며 참았죠. 그런데 참으면 참을수록 배 꼽 깊은 곳에서부터 웃음이 간지럽게 비집고 올라오는 거예요. 어깨가 들썩거리는 걸 숨기려 황급히 칠판 쪽으로 돌아섰는데, 그때 교실 분 위기가 한층 밝아지는 게 느껴졌습니다.

"어, 선생님도 웃으시네!"

아이들의 놀란, 하지만 반가운 목소리. 그래요, 선생님도 웃을 수 있 어요. 웃긴 건 웃긴 거니까요. 그날 깨달았습니다. 억지로 빚어낸 진지 함보다, 함께 터뜨린 웃음이 우리 사이를 더 끈끈하게 만든다는 걸요. 진지함과 웃음이 함께할 때 수업이 더 풍성해진다는 걸요.

그래서 우리 반은 역사 수업이 조금 특별합니다. 세종대왕 시대 백성이 되어보기도 하고 이순신 장군의 전략 회의에 참여하기도 해요.

"자, 오늘은 우리가 조선시대로 떠나볼 거예요. 근엄한 임금님이 되어보고 싶은 사람?"

서로 손을 번쩍번쩍 들며 역할을 고르는 아이들의 눈이 별처럼 반짝입니다. 신하가 되어 '전하, 통촉하여 주시옵소서!'라고 비장하게 외치는 순간에도 어설픈 사극 톤 때문에 웃음이 터지지만 괜찮습니다. 그 웃음 속에서 아이들은 역사를 머리가 아닌 가슴으로 익히고 있으니까요.

수업 중에 장난치는 아이들을 마주할 때면 이제는 미간을 찌푸리기보다 조금 다르게 접근합니다.

"와, 그 장난이 역사 속에서 일어났다면 어땠을까? 고려시대 엄숙한 과거 시험장에서 그랬다면 어떻게 됐을까?"

장난이 새로운 상상력이 되고 그 상상력이 다시 배움으로 이어지는 마법 같은 순간입니다. 중학교 때 제 사회 선생님처럼 저도 이제 진지함 속에 재미를 담아내려 해요. 때로는 엄격하게, 때로는 유쾌하게, 그 사이의 균형을 찾아가는 중이에요. 비록 '웃음 참기'에는 매번 실패하지만, 그래도 괜찮습니다. 일단 아이들이 수업이 재밌다고 하니까요.

교단에 선 지 3년째가 되던 어느 날, 한 학부모님께 전화를 받았습니다.

"선생님, 저희 아이가 요즘 학교 가는 게 즐겁대요. 선생님이 재밌다

108

고 하더라고요."

그 말을 듣는 순간, 가슴이 뭉클했어요. 하지만 동시에 묘한 불안함도 밀려왔습니다. '내가 정말 좋은 선생님일까? 너무 가벼운 건 아닐까? 아직도 부족한 게 많은데….'

그날 저녁, 퇴근 후 혼자 교실에 남아 창밖을 바라봤어요. 석양이 교실을 물들이는 걸 보며 문득 생각이 스쳤습니다. 저는 그동안 완벽한 선생님이 되려고 애쓰느라, 정작 중요한 걸 놓치고 있었던 거예요.

시험을 싫어했던 학생, 숙제를 깜박했던 학생, 노래를 못 불렀던 학생, 매일 아침 걱정하는 선생님, 웃음을 참지 못하는 선생님. 이 모든 서툰 모습들이 바로 저예요. 그리고 이 모든 불완전함이 지금의 저를 만들었어요. 웃음이 많다는 건 그만큼 아이들에게 보여줄 '빈틈'이 있다는 뜻이니까요. 다음 날 아침 조회 시간, 아이들 앞에서 말했습니다.

"선생님도 여러분처럼 완성형이 아니에요. 매일 실수하고, 부족한 점도 많아요. 하지만 그게 오히려 다행이라는 생각이 들어요. 우리가 함께 배우고 성장할 수 있으니까요."

한 아이가 조심스레 손을 들었어요.

"선생님, 그럼 저희도 완벽하지 않아도 되는 거예요?"
"그럼요. 뭐 어때요. 우리는 모두 완성형이 아닌걸요. 그래서 더 멋

이선아 실수투성이 교사의 교단 표류기

진 거예요. 우리는 멈춰있는 게 아니라 계속 자라날 수 있다는 뜻이니까요."

교실이 잠시 조용해졌다가 곧 아이들의 표정이 환해지는 게 보였어요. 마음속 무거운 짐을 내려놓은 것처럼 가벼워 보였죠.

이제 저는 아이들에게 '완벽한 선생님'이 아닌 '함께 성장하는 선생님'이 되고 싶어요.

실수를 솔직하게 인정하고, 부족함을 부끄러워하지 않으며 그 과정 속에서 함께 배우는 모습을 보여주고 싶습니다.

뭐 어때요, 우리는 모두 완성형이 아닌걸요.

그래서 오늘도, 내일도, 우리는 계속 배우고 자라날 수 있는 거예요. 선생님도, 학생도, 서로의 빈틈을 채워주며, 함께 말이에요.

학교는 언제나 흐려도 맑음

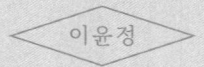

아이들마다의 날씨로
다채로운 교실 속,
오늘도 아이들의 날씨 요정은
햇살을 담뿍 안고 교실로 향합니다.

온몸에 햇살을 받고 학교로

쿵. 쿵.

한 걸음씩 나아갈 때마다 교실이 한 걸음씩 다가옵니다.

'교사'로서 학생들을 처음 만났던 날은 늘 생생하게 재생되는 현재의 기억입니다.

'교사'라는 이름으로 '학생'을 만난다니! 남의 옷을 몰래 입은 기분이 이런 걸까요.

'등교'만 하던 학교에 출근이라니! 걷는 방법조차 잊어버린 것처럼 온몸을 긴장으로 가득 채운 채 뚝딱뚝딱 교실로 향했어요. 갑자기 떠오른 시 한 편.

나는 온몸에 햇살을 받고

푸른 하늘 푸른 들이 맞붙은 곳으로

가르마 같은 논길을 따라 꿈속을 가듯 걸어만 간다.

(중략)

나는 온몸에 풋내를 띠고,

푸른 웃음 푸른 설움이 어우러진 사이로

다리를 절며 하루를 걷는다. 아마도 봄 신령이 지폈나 보다.

너무나 꿈 같은 상황. 온몸에 풋내를 띠고 걸어가는 나.

어설프기 짝이 없지만, 교사라는 이름으로 교실을 향해 걷고 있는 상황.

지금 생각하면, 그래도 국어 교사라고 시를 떠올렸나 싶어 피식 웃음이 나오는데, 그때는 긴장이 모든 걸 압도한 상태였기에 웃을 수 없었어요. 임용 3수를 하면서 편안한 운동복만 입고 살다가 융통성 없는 빳빳한 재질의 정장을 입고, 높은 구두까지 신는 바람에 몸과 마음 모두 바짝 굳어있는 상태였거든요.

학생들과 나눌 첫인사, 교사로서 적절할 목소리 톤, 만만하게 보이지 않을 표정 등에 대한 비장한 계획을 머릿속에 되뇌다 보니 교실은 이미 눈앞에 있었습니다.

교실 문의 유리창 건너로 학생들이 보였어요. 그토록 만나고 싶던 아이들. 딱딱하게 굳은 긴장감 사이로 설렘의 감정이 살짝 비집고 나오는 걸 느끼며 교실 문을 열었습니다.

그 순간. 교실은 관객이 가득한 무대로 변하고 저는 배우가 된 것 같은 착각이 들었어요. 관객의 눈동자가 보내는 중압감을 견디며 50분 동안 연기를 펼쳐야 하는 배우가 된 거죠. 보통의 배우와 달리 정해진 대본이나 연출도 없고, 의지할 동료 배우도 없이 1인극을 해내야 했어요.

교실이타는 무대에 섰다는 것 외엔 기억에 남는 게 없어요. 무대에서 내려와 벌겋게 상기된 채, 어떤 대사와 행동을 했는지도 제대로 기억하지 못하는 짠한 배우가 한 명 있었다는 것 말고요.

이윤정 학교는 언제나 흐려도 맑음

아이들의 다채로운 날씨와 만나요

교사가 된 지 17년.

지금도 여전히 교실 문을 열 때면, 새로운 세계로 들어가는 기분이 듭니다. 하지만 달라진 게 있어요. 더 이상 혼자 무대에 오르지 않는다는 거예요. 이미 교실이라는 무대에 올라와 있는 학생들과 함께합니다. 학생도 교사와 함께 무대를 만들어 가는 배우이기 때문이죠.

처음에는 제가 배우이고, 학생은 관객이라 생각했어요. 교사인 제가 가르치고, 학생들은 그냥 앉아서 듣는 게 당연하다고 생각했죠. 그러다 보니 그토록 원하던 무대 위에서 지치는 일이 많아졌습니다. 50분을 배우 한 명의 개인기만으로 채우는 건 쉬운 일이 아니잖아요. 저는 말을 재미있게 하는 편도 아니고, 카리스마로 학생을 압도할 수 있는 성격도 아닙니다. 성실하게 수업을 준비했는데, 엎드려 자는 학생들의 정수리가 하나둘 보이기 시작하면 좌절하곤 했어요. 수업을 재미없게 하면서 일어나라고 깨우는 게 염치없는 일인 것 같아 고민도 했고요. 종이 치고 교실을 쫓기듯 나올 때면 괜히 뒤통수가 뜨거워졌습니다.

116

50분을 무사히 보내는 것만으로도 힘들어 주변을 둘러보기 어려웠던 교직 첫해, 한 학기의 끝자락에 가서야 비로소 아이들의 마음을 들여다볼 여유가 생겼습니다. 수업하고 나오기 바빴던 교실에서 학생들한 명 한 명이 눈에 보이기 시작했어요. 이 녀석은 왜 집중하지 못할까, 오늘도 자는 이유가 무얼까, 열심히 공부하는 것 같은데 성적이 나오지 않는 이유가 무엇일까 궁금해지기 시작했죠. 아이들에게 다가가고, 말을 걸기 시작했어요. 학교생활이나 공부에서 어떤 점이 힘든지이야기 나누고, 수업에 대한 설문지를 나눠주어 작성하게 함으로써 수업 개선을 위한 노력도 했고요.

　시간과 정성을 내어준 만큼 아이들도 마음을 열고 다가와 주었습니다. 솔직한 수업 평가 덕에 수업을 개선하는 데 도움이 되기도 했고요. 학생들의 요구에 완벽히 맞춰주는 건 불가능하지만, 교사가 애쓰고 있음을 학생들은 알아챘습니다. 수업에 조금씩 다가오려 애쓰는 모습이보였죠. 수업에 대한 의견이나 요구 사항을 제시했는데 교사가 반응해주면, 그때부터 학생은 수업의 적극적 주체가 되어버리는 거니까요. 수업의 방관자로 있을 수 없게 된 학생들이 결국 수업의 무대에 살짝살짝 발을 넣어봅니다. 교사와 합을 맞춰나가게 되죠. 수업의 무대에 함께 올라 '우리'의 수업을 만들어 가는 게 가능해진 거예요.
　이 과정이 순탄하기만 했던 건 아닙니다. 서로 가까워지다 보니 기쁘고 좋은 일뿐 아니라 학생마다 지닌 고민, 어려움, 갈등도 알아버렸거든요. 수업만 해도 되는 사람이 아니게 되니 학생마다 갖고 있는 이야기를 모른 척할 수 없게 되었어요.

아이들은 저마다, 혹은 그날의 상황에 따라 매 순간 다른 날씨를 지니고 학교에 옵니다. 어떤 아이는 먹구름을 한가득, 어떤 아이는 햇살을 담뿍 안고 오죠. 교실 한쪽 구석엔 쾅쾅 천둥이 치는 하늘을 이고 있는 아이, 바로 옆엔 바람 한 점 없이 고요한 날씨를 즐기는 아이가 있어요. 아이들에게 다가간다는 건 아이들의 다채로운 날씨와 만나는 일입니다. 아이들이 품은 천차만별 날씨에 적응하지 못한 교사는 독한 감기에 걸려 호되게 앓을 수 있다는 말이기도 하고요.

어쩌면 교사는 날씨 요정

학생들과 함께 무대에 올라 합을 맞추어 가는 과정은 예측 불가하고 변화무쌍한 날씨에 적응하는 과정과 같습니다. 교실 속 세상은 하나의 계절이나 날씨로 채워져 있던 적이 없어요. 아이들의 요구는 늘 다양하고, 학교로 가져오는 감정 날씨도 다양하죠. 모두에게 맞추는 것이 불가능하고, 한 명에만 맞춰도 안 됩니다. 복잡함을 조화롭게 만들어 가는 게 교사의 역할이에요. 학생들이 품고 온 다채로운 날씨와 온도의 차이가 빚어내는 크고 작은 갈등을 다스리는 날씨 요정이 되어야 합니다.

특히 담임으로서 학급 학생들을 만날 때 이런 역할이 더 강조됩니다. 서로 다른 날씨가 공존하는 방법을 찾지 못하면 교실은 기상 이변으로 몸살을 앓게 되거든요. 찬 공기와 더운 공기가 만났을 때 물방울만 조금 맺히고 말 수도 있지만, 번개와 천둥이 동반되거나, 비나 눈이 내릴 수도 있는 것처럼 말이죠. 어떤 학급이든 개성 다양한 학급 구성원들이 있습니다. 그 구성원들이 어떤 조합으로 만나느냐에 따라 그해의 학급 날씨가 결정됩니다.

그래서 저는 생각합니다. '태풍이나 쓰나미 같은 자연재해가 인간의 영역이 아니듯 우리 반 구성원 조합이 이렇게 된 것은 담임의 영역이 아니야. 그러니 이로 인한 문제들은 내 탓이 아니지!'

 하지만 한 번 더 생각합니다. '태풍의 진행 방향을 알면 태풍을 피할 수 있고, 쓰나미를 예측한다면 인명 피해를 줄일 수 있잖아! 그러니 아이들이 품고 있는 날씨를 이해한다면, 격렬한 태풍이 일어날 가능성을 예측할 수 있다면 갈등을 조금은 줄일 수 있을 거야!'

 서로의 다름과 그로 인한 갈등에 적절한 준비를 하지 못하거나 대응하지 못하면 아이들이 아프게 돼요. 그러면 교사도 아파지고 말죠. 이때 교사는 아이의 날씨를 민감하게 알아채고, 적절한 대응을 해 줄 수 있어야 합니다. 이렇게 말하고 있는 저에게도 사실 뾰족한 방법은 없습니다. 기상청에서도 실수하는데 교사인 저라고 다르겠어요. 다만 노력하는 것뿐이죠. 다양한 상황에 부딪히고, 고민해 보면서 조금씩 교실 속 날씨 요정이 되고 있습니다. 교사인 저의 날씨도 흐릴 때가 있지만, 맑은 날씨인 척하는 방법도 터득하고, 서로 다른 날씨 속에서 조화를 꾀하는 방법을 깨닫는 중입니다.

 아이들의 다채로운 날씨와 기온 차로 인해 감기에 걸리더라도 그 과정에서 면역력을 기르며 성장하리라 믿으며 오늘도 햇살을 듬뿍 안고 교실로 향합니다.

조금의 흐림도
허락하지 않을래요

신규 교사 시절, 별 보며 퇴근하면서도 다음 날 출근을 기대했습니다. 늦은 퇴근에도 지치기보다는 내일 만날 학생들의 얼굴이 새록새록 떠올랐어요. 학생들에게 필요한 것은 무엇이든 해 줄 준비가 되어있었죠. 모든 주파수를 아이들에게 맞추고 있다가, 미약한 신호라도 감지되면 언제든 반응했습니다. '어설픔' 그 자체였던 저를 '선생님'이라고 불러주는 학생들이 제겐 정말 고마운 존재였으니까요.

'학생이 내 수업을 어려워하고 이해를 못 하는 것 같네. 최대한 이해하기 쉽게 자료를 제작하고 시각 자료도 만들어야지.'
'판서가 일목요연하지 않아서 학생들이 알아보기 어려울 것 같은데? 이따 빈 교실에서 판서 연습을 해야겠어.'
'학기 말만 되면 목소리가 갈라지네. 발성을 잘하는 방법을 공부하고 연습해야지.'
'칭찬 쿠폰 다 모은 아이들 선물 줘야 하니 오늘은 퇴근하며 마트에 들러서 간식 사야겠다.'
'○○이가 노력한 것에 비해 성적이 낮은 원인이 뭘까? 불러다

121

이야기를 해봐야겠는걸.'

　노하우 같은 건 전혀 없는 신규 교사다 보니 공강 시간에 충분히 해 낼 수 있는 별것 아닌 업무를 '쉬운 길도 어려운 길로 돌아가라'의 자세로 오랜 시간 걸려 해내곤 했습니다. 그 와중에 열정은 넘쳐서 안 해도 되는 일까지 찾아서 하다 보니 9시 이전에 퇴근하는 일이 드물었어요. 그런데도 피곤함보다 설렘이 더 컸어요. 밤늦게 문 닫기 직전 마트에서 사탕을 부랴부랴 사고 있는 저의 눈 밑은 어두웠지만 표정은 설레고 발걸음도 명랑했습니다. 지금 생각해 보면 무서운 느낌마저 드네요.

　더 무서운 이야기를 해드릴까요? 늦은 퇴근도 마냥 즐거웠던 신규 시절 저의 출퇴근 시간은 3시간 이상이었습니다. 인천 토박이가 서울로 임용되어 대중교통으로 출퇴근했던 시절이거든요.(물론 지금은 서울로 이사 왔어요.) 집 근처 학교에 발령받았음에도 아슬아슬하게 지각을 면하곤 하는 지금을 생각하면, 어떻게 그런 장거리 출근을 해냈는지 신기합니다. 젊은 데다 열정까지 가득했기에 가능했던 일이겠죠. 어두운 창밖을 바라보며 '내일은 아이들에게 어떤 말을 해 줄까.', '어떻게 수업할까.' 하는 생각으로 퇴근길도 설렜으니까요. 지금 생각하면 병 나지 않은 게 이상할 정도의 각성 상태로 살았습니다.

　신규 시절 제 하루의 날씨는 흐려도 맑음, 비가 와도 맑음이었어요. 교사로서 무얼 더 할 수 있을지를 생각하며 늘 들떠 있었거든요. 몸이 힘들어도 힘든 줄 몰랐고, 개인적인 고민은 학교 수업을 준비하고 학생들과의 하루를 계획하다 보면 뒤로 밀리곤 했습니다. 사랑을 하면 그 사람으로 나의 세상이 한가득 채워지는 것처럼 학생들에 대한 마음이 그러했어요. 이렇게 저의 시간과 에너지를 온전히 내놓으며 아이들에게 다가갔기에 열정만으로도 교실 날씨를 맑게 할 수 있었던 것 같아요. 지금보다 수업을 잘하지도 못했고, 학생들을 대하는 요령도 부족했던 신규 교사의 '무조건 맑음'에 학생들이 뽀송하게 기분을 말리고 갈 때가 많았거든요. 감사하게도, 교사가 쏟는 열정을 아이들이 알아준 것이죠.

17년이 지난 지금, 신규 때만큼의 열정은 아니지만, 여전히 저는 학생들을 위해 더 많은 걸 해 주고 싶은 교사입니다. 교사는 학생들과 함께 꿈꾸는 사람인 만큼, 아이들이 마음껏 꿈꿀 수 있게 돕고 싶거든요. 퇴직하는 그날까지 늘 열정으로 빛나고 싶습니다.

이윤정 학교는 언제나 흐려도 맑음

흐린 날엔 '맑음' 찾으러 가야지

　교사 인생에서 처음으로 담임을 맡게 된 교직 2년 차, 남자반 담임이 되었습니다. 첫 담임으로 남자반을 맡았다고 하면 대부분 "신규라고 남자반을 준 거야? 너무하네."라는 반응을 보입니다. 하지만, 업무 분장 희망원이라는 걸 처음 내면서 용감하게 남자반 담임을 쓴 건 바로 저였어요.

　담임을 맡지 않았던 신규 발령 첫 해, 남자반 6학급, 여자반 1학급 수업을 맡았어요. 남자반 수업을 더 많이 하다 보니 자연스레 남학생들과의 수업에 익숙해졌습니다. 거칠긴 해도 뒤끝이 없는 모습을 보며 남자 아이들과 잘 맞는다고 생각해 버렸죠. 완벽한 착각이었어요. 수업으로 만나는 아이들과 담임으로 만나는 아이들은 다른 모습을 보여준다는 걸 몰랐고, 매년 아이들은 달라질 수 있음을 생각하지 못했거든요.

　바다가 무서운 줄 모르고 푸른 무밭인 줄 알고 내려갔다가 지쳐 돌아오는 나비, 새파랗게 시린 초승달을 안고 힘겨워하는 나비가 되기까진 오랜 시간이 걸리지 않았습니다.

매일 네다섯씩 흡연으로 걸려 찾아오는 아이들에게 담임 사유서 써 주기, 수업에 들어가기 싫다고 버티는 아이와 공강 시간에 같이 있기, 수시로 터지는 학교 폭력 사안에 대한 설문조사 하기, 조회하고 교실을 나오자마자 주먹다짐하다 다친 아이들 데리고 응급실 다녀오기, 상담하자고 부르면 담임 선생님이 너무 싫다고 하는 아이에게 상처받아도 상처받지 않은 척하기….

　열정이 가득했던 만큼 제 모든 시간과 에너지를 써 가며 상담, 생활지도, 학급 운영 등을 했지만 마음이 닿지 않는다는 생각에 좌절감이 깊어 갔어요. 남학생들을 다루는 데 능숙한 남자 선생님이 맡으셨으면 아이들도 조금 더 학교생활에 잘 적응할 수 있었을지 몰라. 경력은 없고, 의욕단 앞선 신규 여교사를 담임으로 만나 아이들에게도 피해를 주는 것 같아. 무턱대고 남자반을 쓴 내 잘못이야. 이런 생각에 미안함마저 들었어요.

　교무실에서도 울고, 집에서도 울고, 심지어 교실에서도 울 일이 자꾸 생겼습니다. 아이들에게도 저에게도 흐리고 비 오는 날이 자주 찾아오곤 했죠. 그럼에도 1년을 버틸 수 있었던 건 제게 눈물을 만들어 주기도, 웃음을 만들어 주기도 하는 존재가 바로 우리 반 아이들이었기 때문이에요. 아이들 덕분에 행복한 순간들도 분명히 있었거든요.

　교실로 향하는 저를 보며 "선생님, 여기 왜 와요?" 하는 아이한테 "○○이 보러 왔지." 하고 웃으며 대답하면 센 척했던 아이가 민망해하며 뒤로 살짝 웃음을 짓는다는 걸 알았어요.

매주 발행하는 학급 소식지를 통해 차례차례 아이들을 칭찬해 주면, 무뚝뚝하니 아무 반응 없어 보이는 아이들도 자기 이름이 언제 나오나 은근슬쩍 기다린다는 것도 알았고요.

생일을 맞은 아이가 있는 날이면 아침에 꼭 축하의 말과 함께 작은 선물을 줬는데, 혹시나 제가 놓치면 속으로 실망하고 삐치는 귀여운 면이 있다는 것도 알았답니다.

하루하루를 맑게 살아가는 게 항상 잘 되었던 것은 아니지만 아이들에게 얻었던 행복의 조각들은 제 마음에 눅눅한 곰팡이가 피지 않게 해 주는 햇살이 되었어요.

그 햇살을 긁어모아 축축한 마음을 말려가며, 어떻게든 보송보송하게 만들어 보려 애썼던 그때를 떠올리면 늘 아쉬움이 따릅니다.

할 수만 있다면,

두 아들의 엄마로 살며 남자아이들을 더 여유로운 시선으로 볼 수 있게 된 지금, 첫 담임 반 아이들을 만나러 가고 싶어요. 그때보다 더 넓어진 마음의 그릇으로 품어줄 수 있을 게 분명하니까요.

대신 그때만큼 온 마음을 다해 아이들에게 정성을 다할 자신은 없어요.

어쩔 수 없는 어설픔으로 인해 아쉬움을 남기는 첫사랑처럼 담임으로 처음 만났던 그 아이들은 결코 잊지 못할 첫사랑입니다.

안녕. 그리운 첫사랑.

이윤정 학교는 언제나 흐려도 맑음

가끔 학교가 힘들어질 때면

첫 담임으로서 살아낸 1년은 인생 최대의 위기였다고 해도 과장이 아닙니다. 초등 시절부터 그토록 바라던 꿈을 이루었으니 마냥 행복해야만 할 것 같았는데 그렇지 않았거든요.

신규 첫해, 별을 보며 퇴근하면서도 행복했던 시절이 꿈같이 느껴졌어요. 교직 2년 차에 벌써 출근이 두려운 교사가 되고 있었거든요. 열심히 상담하고, 학급의 단합을 위해 다양한 이벤트를 시도해도 그때뿐이었어요. 아직 아이를 낳아보지 않아서 학생들을 이해하지 못한다고 하셨던 어떤 학부모님의 말씀처럼 도저히 극복할 수 없는 문제라는 생각에 무력감이 들었습니다.

부정적인 감정은 서서히 다른 감정들도 갉아먹었습니다. 물에 탄 것 같은 먹구름이 제 삶 전반에 조금씩 확실하게 스며들고 있었어요. 제 감정과 별개로 학교에서는 어떻게든 수업을 해내야 하고, 맞닥뜨린 업무들도 어떻게든 처리해야 했습니다. 남은 에너지를 모두 소진하고, 부족한 에너지는 미래의 저에게서 빌려다 쓰는 기분으로 오늘을 살았습니다.

내일은 과연 오늘보다 나을까?

회의적인 질문을 스스로 던지며 퇴근하는 날들이 거듭되자 교사로서의 삶이 재미없어지기 시작했습니다. 제가 꿈꾸던 공간에서 행복을 느끼지 못하는 날이 많아지던 어느 날, 친구가 조언해 주었어요. 춤을 배워보라고요. 유쾌한 사람들이 많은 공간에서 기분을 전환해 보라고요. 그래서 살사 댄스를 배우기 시작했습니다. 삶이 무력하게 느껴지던 그때가 아니었다면 감히 춤을 배울 생각을 하지 못했을 거예요. 심각한 몸치거든요. 간절한 마음에 찾은 살사 동호회는 제 삶에 생기를 한가득 채워주었습니다.

첫 살사 수업을 받고, 강남의 한 살사바에 들어갔던 순간은 아직도 생생해요. 흥겨운 음악과 형형한 조명 아래서 모두 생기 넘치는 표정으로 춤을 추고 있었습니다. 같은 하늘 아래 이런 세상이 있었다니! 벅차고 설렌 충격이었습니다. 한 명 한 명의 표정은 조명보다 빛났고, 온몸으로 에너지를 내뿜고 있었어요.

학교에서 만나는 사람들과 다르게 다양한 직업과 배경, 가치관을 가진 사람들을 만나며 제가 몰랐던 세상을 보고, 긍정의 에너지들을 한가득 얻을 수 있었습니다. 이 에너지를 안고 다시 학교로 돌아갔고요. 고단한 몸을 안고 들어선 살사바에서는 어김없이 에너지를 얻어 왔어요.

육아로 지쳤을 때, 잠시 아이를 맡겨두고 외출한 뒤 돌아오면 아이가 더 사랑스럽고 예뻐 보이죠. 학교 일도 그렇더라고요. 학교와 아무 이해관계가 없는 학교 밖 사람들과 함께하는 취미 생활은 하루를 살아갈 에너지를 가득 채워주었답니다.

학교가 당신을 힘들게 하나요? 밖으로 나가 에너지를 충전하고 다시 돌아오세요.

우리들의 '별빛 독서의 밤'

교직 3년 차, 여자반 담임을 처음 맡게 되면서, 남자반 담임을 할 때 경험해 보지 못한 알콩달콩한 매력에 빠지고 말았어요. 생기발랄한 여학생들의 매력에 담임으로서 제가 할 수 있는 모든 걸 다 해 주고 싶어졌죠. 학생들을 집에 초대해서 맛있는 음식을 먹이며 같이 놀기도 하고 각종 이벤트를 만들어서 함께 놀 궁리를 했어요. 학습 습관도 잡아 주겠다고 매일 아침 아이들의 학습 플래너를 걷어다가 교무실 책상 위에 쌓아 놓고, 쉬는 시간마다 하나하나 코멘트를 달아 종례 때 나눠줬고요. 아이들의 주체적인 의사 결정 능력을 키운다고 웬만한 학급의 일정들은 회의를 거쳐 아이들이 직접 결정하게 하며, 저는 그 결정에 협조했습니다.

대체로 순탄하게 진행되던 담임 생활에 커다란 미션이 던져진 것은 1학기가 거의 끝나가던 시점이었어요. '학급비를 어떻게 사용할 것인가?'에 대해 아이들끼리 회의를 통해 결정하라고 했는데, 다수결에 의해 '교실 캠핑'이 결정된 거예요. 캠핑은 가고 싶은데, 학급비로는 갈 수 없으니 캠핑 장소를 교실로 정한 거죠. 상당히 합리적인 의사 결정

131

이었습니다. 벌써 아이들은 모둠을 어떻게 짜야 할 것인지, 학급비를 어떻게 사용할 것인지, 부족한 부분은 어떻게 할 것인지 등에 대해 정신없이 이야기하기 시작했어요.

'일이 너무 커지는데, 정말 해도 될까?' 걱정은 잠깐.
'캠핑이라니, 정말 재미있겠다!'
함께하는 시간의 재미를 알아버린 저는 이미 아이들과 같은 마음이었어요. 겉으론 난감한 척했지만, 속으로는 착착 계획을 세우기 시작했습니다.
'그냥 논다고 하면 교장 선생님께서 허락하실 리가 없지. 의미 있는 행사를 계획해야겠어!'
계획을 반드시 실행시키고 싶었기에 캠핑이라는 이름 대신 '별빛 독서의 밤'이라는 이름으로 행사를 기획했습니다. 금요일 방과 후에 아이들과 모여 학교 옥상에서 저녁을 먹고, 교실에서 밤새 책 읽고 대화를 나눈 뒤, 다음 날인 토요일 아침에 헤어지는 일정이었어요. 그럴싸하게 일정표를 작성하고 교장 선생님께 허락을 구했습니다. 걱정을 내비치시긴 하셨지만, 신규 교사의 열정에 허락해 주셔서 학부모 동의를 얻은 뒤 행사를 추진할 수 있었어요.

돌멩이 수프의 기적처럼 아이들은 모둠별로 받은 소박한 예산을 갖고 엄청난 음식들을 준비해 왔습니다. 산낙지를 사 온 모둠은 낙지를 손질하느라 사투를 벌였고, 스테이크 고기인 줄 알고 집에서 가져온 고기가 볶음용 고기였던 모둠은 결국 고기를 볶아 먹어야 했죠. 카레를 만들거나, 핫케이크를 만든 모둠도 있었고 월남쌈도 등장했습니다. 어느 모둠도 겹치는 메뉴 없이 서로 다른 음식을 만들어 골고루 맛보면서 깔깔거렸던 옥상의 저녁 만찬은 잊히지 않아요. 저녁을 먹고 나서 교실로 들어와 별빛 독서의 밤 행사도 실제 진행했습니다. 증거 사진을 제출해야 하기도 했고, 저 역시 이런 행사를 해보고 싶었거든요.

그런데 교실에서 책을 읽으며 평화로운 시간을 보내던 중 한 아이가 보이지 않음을 알아차렸습니다. 평소 높은 우울감을 보이는 아이였기 때문에 신경을 쓰고 있었는데, 화장실에 간 줄 알았던 아이가 돌아오지 않은 거예요.

가슴이 철렁 내려앉았습니다.

전화를 걸었지만 받지 않았어요. 불이 꺼져있는 복도를 정신없이 뛰어다녔습니다. 10분 남짓의 길지 않은 시간이었지만, 그 시간 동안 상상 속의 저는 뉴스에도 나오고, 신문에도 나오며, 학생의 안전을 관리하지 못한 초임 교사로 헤드라인을 장식하고 있었어요. 정신없이 헤맨 끝에 불이 꺼진 복도 끝 교실에 앉아 있는 아이를 발견했습니다. 왜 혼자 그러고 있냐는 저의 질문에 얼마 전에 죽은 사촌이 생각나서 그랬다고 말하는 아이. 제 심장이 순식간에 말라버려 쪼그라드는 느낌이 들었습니다. 더 늦었으면 큰일 났을지도 모른다는 생각도 들었어요.

벌렁대는 제 심장과 아이의 손을 같이 붙잡고 교실로 왔어요. '별빛 독서의 밤'을 마무리하고, 과자를 먹으며 밤늦도록 영화 보다가 잠들기까지의 시간은 정말 즐거웠지만, 예기치 못한 사건이 또 발생할지 모

이윤정 학교는 언제나 흐려도 맑음

른다는 염려가 동반된 즐거움이었답니다.

 사실 캠핑 당일까지도 오가며 만나는 많은 선생님께서 저에게 걱정의 말씀을 해 주셨어요. 그런 마음에 감사하면서도 학생들을 데리고 학교에서 하루를 보내는 일이 이렇게까지 걱정해 주실 일인가? 하고 생각했었죠. 마음 졸이는 캠핑을 했음에도 정말 즐거웠던 추억이라는 생각이 더 컸습니다. 아이들이 정말 행복해했거든요. 지금도 그때의 제자들과 연락이 닿아 있고, 함께 만나기도 해요.

 교직 17년 차에 접어든 지금, 그때 그 신규 교사의 교실 캠핑은 아주, 몹시, 엄청, 충분히 걱정할 만한 일이라는 생각이 듭니다. 지금 제 앞에 두 눈을 빛내며 캠핑을 말하는 신규 선생님이 있다면, 걱정 가득한 표정을 얹어 가며 진심으로 말할 거예요. 다시 생각해 보라고요.

 그때의 저는 정말 몰라서 용감했던, 세상 행복한 하룻강아지였습니다. 아무 사건 없이 하루를 보낼 수 있게 해 준 제 학생들에게 새삼 감사해요. 이제 저는 감히 모험을 생각하지 않습니다. 앞뒤 재지 않고 일을 벌이기엔 제가 겁이 너무 많아졌거든요.

 그래서 아주 가끔은,
 한없이 밝은 빛을 안고 아이들 속으로 뛰어들었던 20대 어린 교사 시절 제가 그립습니다.

오늘보다 내일이 더 화창하길

선생님이 되어 아이들을 가르치는 것.

사랑하는 사람을 만나 결혼해서 행복한 가정을 꾸리는 것.

사랑하는 사람과 나의 모습을 반씩 닮은 아이를 낳아 키우며 알콩달콩 살아가는 것.

어린 시절의 꿈이었어요.

지금을 기준으로 본다면 이미 30대에 모든 꿈을 이루었습니다. 그렇다면 이제부터 할 일은 이뤄놓은 꿈을 계속 누리기 위해 건강을 유지하는 것뿐일까요? 그렇게 살면 행복한 삶일까요? 그렇지 않을 것 같습니다. 이미 또 다른 꿈을 꾸고 있거든요.

사실 앞서 이야기한 것들이 진짜 저의 꿈인 줄 알았어요. 하지만 교사가 되면서 알게 되었죠. 직업인으로서의 교사를 꿈꾼 게 아니었음을요. 더 많은 학생이 제 수업을 통해 도움받고, 성장하길 바라는 욕심 많은 사람이 저였어요. 심지어 같은 동료 선생님들께도 도움이 되고 싶다는 야심을 품은 교사가 저였고요. 그래서 수업 블로그를 만들고,

유튜브를 개설해서 수업 자료들을 공유하기 시작했습니다.

"선생님은 애써 만든 자료를 다른 선생님들께 항상 나눠주시는데, 아깝지 않으세요?"

이런 질문을 자주 받곤 합니다. 자료 하나를 만드는 데 얼마나 공들여야 하는지 잘 알기 때문에 그런 질문을 하시는 거죠. 그럼 이렇게 답합니다. "애써 만들었는데, 혼자 사용하기보다는 여럿이 함께 사용하면 훨씬 좋으니까요." 딱히 홍익인간의 정신이 있는 건 아니에요. 어차피 만든 거 여럿이 쓰는 게 자료의 효용 가치를 높이는 일이라고 생각하기 때문이랄까요.

또 다른 이유 하나를 추가하자면, 돈으로 살 수 없는 만족감과 뿌듯함 때문이에요. 저의 자료를 참고해서 수업하거나 학급 운영을 하시며 도움이 되었다고 하는 분이 많아질수록 열심히 만든 자료들이 인정받았다는 생각에 행복합니다. 다시 수업 자료를 만들어 나가는 힘이 되죠.

애써 만든 것을 그냥 나눠주는 것이 생활인으로선 그다지 자랑할 게 아닐지도 모르지만, 자아실현을 추구하는 개인으로선 긍지가 됩니다. 신규 교사 시절에는 잘 몰랐는데, 해를 거듭할수록 제가 성취욕이 꽹장히 강한 사람임을 깨닫고 있어요. 경력이 쌓여갈수록 꿈도 자라나기 때문인 것 같습니다.

자아실현을 위해 다양한 교사 단체에 들어가면서 꿈이 더 쑥쑥 자라고 있습니다. 저 정도면 노력깨나 하는 교사라고 자부하며 살았는데,

똑같이 24시간이 주어지는 것이 맞나 의심될 정도로 많은 성과를 만들어 내는 선생님들이 있다는 사실을 알아버렸기 때문이에요. 처음엔 대단하다고 생각했고, 그다음엔 부러웠어요. 괜히 저와 비교하며 작아지기도 했고요.

그런데 부족함을 깨닫는다는 것은 좌절할 이유가 아니라, 나를 더 다듬어 가며 성장할 기회라는 생각을 했어요. 오히려 설레고 감사했습니다. 부족함을 알아차리지 못했다면 성장할 기회조차 얻지 못했을 테니까요. 성취가 쌓여가는 과정은 결핍을 확인하고 다시 채워나가는 과정이었어요. 불혹의 나이에도 성장을 꿈꿀 수 있다는 것에 감사합니다.

혼자 꿈꾸지 않아요. 월급 노동자로 살면서도, 감히 희망과 이상을 이야기할 수 있는 동료들과 꿈꿉니다. 더 큰 꿈을 이야기하고 서로의 꿈을 응원합니다. 꿈을 향해 나아가는 교사라는 자아정체성은 저를 더 아끼고 사랑하게 합니다. 더 건강하고 단단하게 학생들 앞에 설 수 있게 합니다.

하루만큼 더 단단해진 저는

어제보다 더 화창해진 마음으로

오늘도 변화무쌍한 아이들의 교실로 향합니다.

단단한 고요를 간직하는 법

"어차피 공무원이면 열심히 하든 안 하든 다 똑같이 받는데 그렇게까지 하는 이유가 뭐야?"

말의 차이가 조금 있을 뿐 전달하는 내용은 결국 위와 똑같은 맥락의 질문을 자주 받곤 해요. 제가 수업을 준비하는 데 많은 시간과 노력을 들이는 걸 가까이서 본 사람들의 질문이죠. 그리고 교사가 아닌 사람들의 질문이기도 합니다.

기본적인 내용들만 가르쳐도 별문제 없으니 적당히 가르치자고 생각하는 교사는 단연코 없다고 생각합니다. 매 순간 학생에게 평가받기 때문이죠. 수업 중 학생들은 집중하지 못하는 표정으로, 졸려서 쓰러질 것 같은 자세로 피드백을 줍니다. 모르는 게 있다고, 이해가 안 된다고 도움을 요청하면 그냥 지나치지 못하는 게 교사예요. 매년 새로운 학생들을 만나 새롭게 수업을 준비해야 하는 게 교사입니다. 정체되어서도 안 되지만, 정체될 수도 없어요.

그렇기에 수업 준비에 상당히 많은 시간을 들입니다. 그냥 필요한 내용들이 잘 정리된 활동지로 수업해도 되는데, 하나하나 그림을 그려서 학습 자료를 만들고 있고, 프레젠테이션도 학생들이 흥미를 느낄 수 있게 구성하기 위해 몇 시간을 컴퓨터 앞에 앉아 있곤 합니다. 학기마다 수업 만족도 설문지를 받은 뒤 평가 내용을 반영하겠다고 기존의 방식을 뜯어고치며 이미 만들어 놓은 자료를 다시 만들기도 하고요. 학생들에게 필요하다 싶은 내용이 있으면 여기저기서 찾아다 정리해서 나눠 줍니다.

물론 시간과 품이 많이 듭니다. 하지만 번거롭다는 생각에 그냥 넘어가거나 시간이 없어서 충분히 준비하지 못하면 어김없이 수업 만족도가 떨어집니다. 학생 만족도가 아닌 저의 만족도가 말이죠. 그러면 신기하게도 생활지도를 하거나, 상담할 때의 자신감도 함께 떨어집니다. 교사는 수업으로 말한다고 생각하기 때문이에요.

수업은 제 교직 생활의 1순위로 여기는 요소예요. 당연한 것을 새삼스레 말하는 것 같지만, 교사로서 일 년만 살아보아도 이 1순위에 매진하기가 절대 쉽지 않은 일임을 알게 됩니다. 가끔은 수업이 아닌 다른 업무를 처리하기 위해 출근하는 기분이 들 때도 있거든요.

'하라니까 하지만, 나는 이 시간에 수업 준비를 하고 싶다.'

이 말을 도대체 몇 번이나 마음으로 되뇌는지 몰라요. 하루 종일 업무 처리를 하다 보면 내실 있는 수업 준비는 퇴근 후에 해야 하는 경우가 많기 때문이죠. 저처럼 육아하는 엄마들은 허둥지둥 퇴근해서 자녀를 돌보다 육아 퇴근 후 밤늦게서야 비로소 수업 준비를 시작해야 하니 쉽지 않고요.

　가끔은 적당히 타협하고픈 마음도 듭니다. 애써 노력한다고 별도의 보상이 주어지는 것도 아닌데 왜 이렇게 아등바등 살고 있지? 하고요. 하지만 결론은 언제나 '그럼에도 수업이지!'입니다.

　학생 생활지도가 안 되어서 힘들 때, 학급에 일이 있어서 속상할 때, 업무가 쏟아져서 내가 수업하는 교사인지 행정 업무 담당인지 혼란스러울 때, 마음이 태풍의 소용돌이에 휩쓸려 힘겨울 때 교실 문을 열고 들어가 학생들을 만나면 무풍지대에 들어간 느낌이 듭니다. 50분의 시간만큼은 제 앞에 앉은 학생과 수업만 해도 되고, 수업만 해야 하니까요. 그 정돈된 안정감 속에 흠뻑 빠져 있는 동안은 혼란스러웠던 마음을 잠시 내려놓을 수 있습니다.

　학생 생활지도, 학급 내에 느닷없이 터지는 문제들, 수시로 날아오는 업무 메시지와 달리 수업은 저의 노력으로 어느 정도 통제가 가능합니다. 열심히 노력하면 그만큼 잘 다듬어진 수업을 만들어 낼 수 있으니까요. 여기서 얻은 만족감은 수업 외적인 데에서 오는 어려움을 견딜 수 있는 단단한 마음 밭을 만들어 줍니다.

　교사로서 겪는 태풍 같은 순간들을 고요히 견뎌내는 힘은 매일의 수업에서 쌓아 올린 단단한 자존감임을 알기에 오늘도 수업 준비에 시간을 쏟습니다.

언제나 행복한 날씨 요정

교사의 날씨에 따라 교실의 날씨는 달라집니다.
교실의 날씨에 따라 교사의 날씨도 달라집니다.

교사 혼자서는 무대의 주인공이 될 수 없어요.
학생과 함께 주인공이 되어 무대를 만들어 나가야 합니다.
그렇기에 교실의 날씨, 아이들의 날씨를 섬세하게 들여다보아야 해요.

감정이 요동치는 날은 좋은 수업을 하기 어렵고, 아이들의 감정을
알아차리기도 힘들지만, 제 안의 먹구름이 학생들에게 스미지 않게 맑
은 햇살인 척 아이들에게 다가가려 애씁니다. 그러면 신기하게도 맑은
햇살인 척했던 그 햇살이 진짜가 되어 마음속 먹구름을 조금씩 지워주
더라고요.
교실 속 아이들의 날씨가 각양각색, 변화무쌍하여 종잡을 수 없을
만큼 혼란스러울 때는 감히 날씨 요정을 자처해 아이들 가운데로 나아
갑니다. 날씨 요정이 제법 명랑하게 다가가면 태풍이 되려던 바람이

141

미풍이 되어 흐르기도 한다는 사실을 알기 때문이죠.

17년 경력직 날씨 요정이지만 실패할 때도 많습니다. 실패하면 뭐 어떤가요. 아이들과 함께 흔들려 보고, 비를 맞다 보면 그 안에서 비에 덜 젖는 법, 비에 젖어도 감기에 걸리지 않는 법, 감기에 걸리더라도 금세 회복하는 법을 배우지 않겠어요? 그 과정에서 호되게 독감도 앓아보고, 지겨운 몸살을 앓아보면서요. 그러다가 잠깐이라도 햇살이 나타나 빼꼼히 고개를 내밀어 주면, 그 햇살에 감사하며 눅눅한 기분을 보송하게 말려보기도 하고요.

학교 안에 있을 때 비로소 가장 나답게 살아가는 교사이기에,
가끔 힘들어도 자주 행복한 날씨 요정이 되어보려 합니다.

태풍이 몰아쳐도 끄떡없기를 소망하는
경력직 날씨 요정은 오늘도 어김없이 학교로 출근합니다.

마음이 닿는 시간

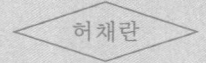 허채란

마음이 닿는다는 건,
말보다 깊은 이해로
서로를 바라보는 일이다.

국어샘 내 거야!

수업을 마치고 복도를 지나가는데 학생들의 웃음소리가 들렸어요. 중학교 1학년 꼬맹이들이 쉬는 시간이 되자마자 우르르 복도로 쏟아져 나왔습니다. 자기들끼리 까르르 웃고 떠드는 소리에 혼이 쏙 나갈 정도였어요. 수업용 가방을 들고 교무실로 걸어가는 저를 본 학생들이 저마다 큰 소리로 인사했습니다.

"선생님! 안녕하세요?"
"안녕하세요옹!"
"국어샘이다!"
"선생님! 선생님! 오늘 무슨 수업 해요? 오늘 젤리 줘요?"

뭐가 저렇게 즐겁고 신나는지. 거의 매일, 하루에도 몇 번씩 만나는 사이면서 또 반가운 듯 인사합니다. 아니, 제가 아니라 젤리가 반가운 걸까요?
"그래, 안녕."

지나가는 저를 따라 우르르 몰려들거나 다른 선생님 주위로 옹기종기 달라붙어서 저마다 할 말을 쏟아냅니다. 재잘재잘. 조잘조잘. 어이쿠, 귀에서 피가 날 것 같습니다. 선생님의 귀가 따가운 건 아랑곳하지 않고 학생들은 자기 이야기를 한다고 정신이 없네요.

선생님들은 마치 피리 부는 사나이처럼 아이들을 끌고(혹은 도망) 다니며 대답하거나 아니면 뛰지 말라는 잔소리를 합니다. 붙잡고 늘어지는 학생들과 잡힌 동료 선생님들을 보며 서둘러 교무실 안으로 도망치려 했지요.

그때 등 뒤로 꽂히는 까랑까랑한 목소리.

"국어샘 내 거야!"

뭐라고? 희한한 소리에 슬쩍 쳐다보니 하진이와 민정이가 실랑이를 벌이고 있었어요.

"아니야, 내 거야!"

"아니, 국어샘 내 거라니까?"

대담한 사랑 고백입니다. 방심하던 중에 훅 들어온 고백에 웃음이 터졌어요. "선생님, 사랑해요."도, "좋아해요."도 아닌 "내 거야."라는 앙큼한 말.

'얘들아, 선생님을 사랑해선 안 돼. 여섯 살짜리 딸도 있어. 네 고백을 받아 주기엔 우리 사이에 놓인 벽이 너무 크구나.'

마음을 흔든 고 깜찍한 한마디에 배를 잡고 깔깔 웃으며 교무실로 들어갔어요. 그러고는 그날 하루 종일 환청에 시달렸습니다.

"국어샘 내 거야!!!!"
"국어샘 내 거야!!"
"국어샘 내 거야…"
"…내 거야…"
"…거야…"
"…야…"

"국어샘 내 거야."라고 외치던 목소리가 쟁쟁 울리면서 귓가에 맴돌
았어요. 컴퓨터 화면에 "국어샘 내 거야."라는 문장이 이리저리 일렁입
니다. 자음자와 모음자가 흩어졌다 모이기를 반복합니다. 하진이의 말
이 빛무리처럼 주위를 떠다니는 느낌이었어요. 계속 생각나는 말에 괜
히 얼굴이 붉어졌어요. 사십 대에 듣는, 난데없는 사랑 고백에 마음이
설렜습니다. 꼬맹이 여자아이가 던진 한마디에 온종일 심장이 간질거
렸어요.

하진이의 사랑 고백

1학년 자유 학기에 주제 선택 수업을 세 개나 개설했습니다. '서평 쓰기', '초단편소설 쓰기', '생활 글쓰기'. 수업 이름에서 보이듯이 학생들이 제일 싫어하는 글쓰기 수업입니다. 갈래는 다르지만 셋 모두 수업 내내 읽고, 쓰고, 발표해야 해요. 어떤 학생은 신청한 수업이 겹쳐서 한 번에 글쓰기 수업만 두 개씩 듣기도 했습니다. 글쓰기가 얼마나 힘들고 부담스러울지 모르는 바는 아니지만 저만 괴로울 순 없습니다. 고통의 시간만큼 학생들은 성장할 테니까요. 아무튼 매시간 고민하고 쓰라고 들볶는 선생님 때문에 학생들은 진정한 창작의 고통을 경험하게 되었어요.

그중 제가 가장 좋아하는 수업은 '생활 글쓰기'입니다. 에세이 한 편을 읽고 짧게 소감을 이야기하고, 글의 주제와 관련한 개인적인 경험을 쓰기도 합니다. 글쓰기는 어렵지만 그래도 자기 이야기를 쓰라고 하면 학생들도 곧잘 써요. 간혹 아침부터 밤까지 있었던 시시콜콜한 일을 전부 써서 무슨 이야기를 하는 건지 알 수 없는 글도 있지만, 글

속에는 학생들의 삶과 마음이 담겨 있어요. 그리고 그것을 들여다보는 일은 저의 소소한 즐거움입니다.

하루는 '생활 글쓰기' 시간에 자유 주제로 글쓰기를 했어요. 평소와 달리 특정한 주제를 주지 않고 각자 쓰고 싶은 내용을 쓰라고 했습니다. 조건은 최근에 경험한 일 중에서 소재를 찾을 것, 그리고 공개를 전제로 한 글쓰기이므로 발표를 염두에 두고 쓸 것이었어요.

한참 글을 쓰고 발표하는 시간이 다가왔습니다. 대부분 발표하지 않으려는 상황에서 하진이가 손을 번쩍 들었어요. 다들 제 눈을 피하기 바쁜데 먼저 나서는 모습이 기특했어요. 그런데 하진이 주위에 앉은 친구들의 표정에서 장난스러운 분위기가 포착되었습니다. 키득키득 웃는 모습이 뭔가 속셈이 있는 것 같았어요. 의심스러웠지만 일단 시켜보기로 하고 앞으로 나오라고 했습니다.

하진이는 살짝 웃었어요. 교탁 앞에서 마이크를 잡고 글을 읽기 시작했습니다. 저는 교실 한쪽에 서서 하진이의 목소리를 들었습니다. 하진이가 글을 읽어 나가는 동안 제 얼굴은 점점 빨갛게 물들었어요.

하진이의 글

중학교에 입학한 지 어느덧 일주일쯤, 선생님이 여러 명이셔서 수학 선생님을 과학 선생님으로, 도덕 선생님을 수학 선생님으로 생각하고, 선생님들의 교과 과목이 뭔지 몰랐다. 근데 국어 선생님은 알았다. 얼굴에 '국어 선생님'이라고 쓰인 것처럼 첫 만남부터 국어 선생님이신 걸 알았다. 제일 먼저 외운 선생님이라서 그런지 관심이 갔다.

어떤 날은 내가 선생님께 인사를 드렸는데 웃으시면서 받아 주셨다. 사랑의 큐피드가 날아오는 것 같았다. 너무 예쁘셨다. 아기 강아지 같은 눈웃음과 조금 올라가 있는 얇은 입술. 아직도 그 표정을 떠올리면 미소가 지어지곤 한다. 그 표정을 보기 위해 선생님의 수업을 기다린다. 수업을 할 때도 그 웃음을 보기 위해서 더 열심히 하려고 하고, 수업이 끝나면 선생님 눈에 띄기 위해 옆으로 가 보기도 한다.

선생님이 다른 친구들에게 웃으면 질투도 난다. 일부러 좋아하는 티도 많이 내고, 교무실로 가서 선생님을 훔쳐도 본다. 아무 말 안 하고 바라보고만 있어도 기분이 좋고, 아무 걱정 없이 그냥 기쁘다. 선생님께서도 내 마음을 아신 걸까. 더 반갑게 인사해 주시고, 이것저것 말도 걸어주신다. 너무 긴장되어서 아무 말이나 내뱉을 때도 있다. 매일 밤에는 선생님 웃음을 생각하며 미소를 지으며 자기도 한다. 조금 더 관심을 가지고 점점 더 옆으로 가 본다.

오늘 밤, 내일 밤에도 선생님의 웃는 표정을 보기 위해 어떡해야 할지 고민할 거다. 선생님의 수업을 기다린다. 만나면 아무 말도 못 하겠지만 그냥 기다려본다.

하진이는 창가로 쏟아지는 햇빛을 받으며 글을 읽었습니다. 또랑또랑한 목소리로 떨지도 않고 씩 웃으며 읽어 나가는데 오히려 제가 민망해서 쳐다볼 수 없었어요. 아무렇지 않은 척 있었지만 사실 많이 부끄러웠습니다. 빨개진 얼굴을 들킬까 봐 고개를 숙이고 학생들 사이를 걸어 다녔어요. 하진이가 글을 읽는 동안 학생들은 킥킥거리며 웃었어요. 눈동자를 굴리면서 힐끔힐끔 저를 쳐다보는데, 선생님이 어떤 반응을 보일까 기다리는 것 같았습니다.

피식 새어 나오는 웃음소리와 장난기 가득한 표정, 반짝이는 눈빛들이 저를 향했습니다. 하진이의 목소리가 울려 퍼지는 그 시간 동안 마음이 몽글몽글 꽃처럼 피어났어요. 교실 안에는 잔잔하고 따뜻한 기운이 물결처럼 넘실거렸습니다.

부끄러운 티를 내지 않으려고 서둘러 수업을 마무리했어요. 짐짓 아무렇지 않은 척 굴었지만 사실 열렬한 사랑 고백에 입꼬리가 실룩거렸어요. 선생님에게 아기 강아지라느니 사랑의 큐피드라느니 아무래도 콩깍지가 쓰인 게 틀림없습니다. 하진이는 종이 한 장에 선생님을 향한 마음을 꼭꼭 눌러 담았습니다. 자기 전에도 저를 생각하며 미소 짓는다는데 그맙기도 하고 부끄럽기도 했어요. 뭐라고 답을 해야 할까요. 학생들에게 감사의 편지를 받는 일은 가끔 있었지만 이렇게 공개적인 고백은 처음이었습니다. 하진이의 글 한 편으로 그날 온종일 기쁘고, 일주일 내내 마음이 들떴어요.

교사가 된 후 다양한 형태의 사랑 고백을 받습니다. 젊은 시절에는 저를 추앙하는 '채란교'라는 종교도 있었어요. 그때를 떠올리면 부끄럽기도 하지만, 학생들이 보내준 사랑이 저를 버티게 하는 힘이었다는 걸 압니다.

지금도 여전합니다. 학생들이 건네주는 애정은 선생님의 하루를 따스한 온기로 채웁니다. 오늘은 "선생님, 사랑해요!"라고 외치는 학생을 만나고, 내일은 창문 너머로 손가락 하트를 날리는 학생과 눈을 마주합니다. 선생님을 따라다니는 시선에 해사한 애정이 듬뿍 묻어납니다. 그들의 맑고 빛나는 눈동자는 제 마음을 환하게 밝힙니다. 그토록 순수하고도 뜨거운 사랑을 받는 건 선생님만이 누릴 수 있는 특별한 기쁨입니다.

아이는 외롭다

예전에 중1 학생들과 매주 1시간 주제 선택 수업을 한 적이 있습니다. 시를 읽고 그림도 그리는 자유로운 분위기의 수업이었어요. 학생들이 활동에 적극적으로 참여하기도 했고, 다들 심성이 착해서 수업하는 재미가 있었던 시간이었어요. 그런데 그중 유독 한 아이가 눈에 밟혔습니다. 다른 학생들보다 조금 작고, 어딘가 예민해 보이는 아이였어요.

그 아이와 저는 3주 동안 고작 3시간을 만났을 뿐이지만, 수업마다 우는 모습을 보았어요. 매번 모둠 친구들과 갈등이 생기고 마음대로 되지 않으면 화를 냈어요. 큰 소리로 울며 친구들이 자길 무시했노라고 외쳤습니다. 각자의 이야기를 들어보고, 중재해 주려고 했지만 뭔가 그 아이의 마음에는 들지 않는 것 같았어요.

그날도 역시 마치기 10분 전에 울음소리가 터져 나왔어요. 모둠이 함께 시화를 그리고 있었는데 의견 조율이 잘되지 않았던 것 같아요. 가까이 다가가서 무슨 일인가 살폈지만 울면서 소리치는 아이의 말이 명확하게 전달되지 않았어요. 아이의 말은 바락바락 외치는 고함에 가까웠어요.

다른 학생들에게 상황을 물었지만, 모둠원 세 명이 비교적 정확하게 상황을 전달했고, 딱히 그 학생을 괴롭혔다거나 문제가 될 만한 일은 없었어요. 다른 친구가 자신의 그림을 지우려고 한다는 오해에서 비롯된 것 같았어요. 그래서 차분히 설명해 주었습니다. 그게 아니라고, 친구들은 너의 그림을 지우려고 한 것이 아니고 다른 친구의 그림을 고치는 중이었다고.

그런데 제 말은 들은 아이는 "선생님은 쟤들 편만 들잖아요. 내 말은 안 들잖아요!"라고 외쳤습니다. 그리고 더 크게 울었어요. 당황스러웠어요. 교실의 모든 학생이 저와는 고작 세 번 정도 만났을 뿐인데 편들고 할 게 뭐가 있었겠어요. 단지 상황을 객관적으로 들어보고, 사실 관계를 짚어줄 뿐이었거든요.

아이는 진정할 기미를 보이지 않고 계속해서 다른 학생들을 향해 원망의 말을 쏟아냈어요. 혼란스러운 분위기에서 수업을 마치는 종이 울렸어요. 저는 다른 학생들을 각자의 교실로 보내고 그 아이와 단둘이 마주 앉았습니다.

처음에 아이는 어떤 말도 듣지 않았어요. 자신의 입장만 계속해서 반복할 뿐이었어요. 그렇게 화만 내서는 네가 왜 그러는지 알 수 없어, 선생님은 너의 상황을 잘 모르니 자세히 말해달라고 요청했습니다. 아이는 제가 알지 못하는 초등학교 시절의 가족 문제와 자신이 앓고 있는 병과 복잡한 감정들을 두서없이 쏟아냈습니다. 주의를 기울여서 집중해야 겨우 말의 맥락을 알아들을 수 있었어요. 그러다가 비명 같은 외침이 귀에 들어왔습니다.

"나는 외롭다고요!"

아차 싶었어요.

중요한 건 옳고 그른 것이 아니었습니다. 객관적이고 정확한 사실을 짚어준들 그건 귀에 들어가지도 않았어요. 아이는 오늘이 아니라, 태어나서 지금까지 마음에 맺혀있는 외로움을 말하고 있었어요. 자신의 편이 아무도 없는데, 지금 너무 외로운데, 옳고 그름이 들렸을 리 없었습니다. 아이는 자기의 말을 진심으로 들어줄 사람, 편이 되어줄 사람이 필요했어요.

'외롭다'라는 그 한마디가 마음을 날카롭게 찔렀습니다. 때로는 옳고 그름을 가리는 것보다 마음을 보살피는 것이 더 중요하다는 사실을 깨달았습니다. 무엇보다 마음을 헤아리는 것이 먼저더군요. 그리고 난 뒤에라야 잘못을 말할 수 있고, 학생들도 배울 수 있었어요. 오래전에 만났지만, 비명처럼 들린 그 문장은 아직도 마음에 남아 있습니다.

허채란 마음이 닿는 시간

아이는 또래보다 작다.

가족으로부터 받은 상처가 크다.

친구들과의 소통에 어려움이 있다.

자신의 생각을 조리 있게 표현하지 못한다.

아이는… 외롭다.

후회의 시간

너는 어떤 어른이 되었을까.

너에게 나는 어떤 사람이었을까.

나쁜 선생님이었을까.

잠깐 스쳐 지나가고 마는, 좋은 것도 아닌 나쁜 것도 아닌 그저
그런 선생님이었을까.

너의 기억에, 너의 마음에 나는 어떤 사람으로 남았을까.

경력이 얼마 되지 않은 이십 대에 한 학생을 호되게 혼낸 적이 있습
니다. 지금 생각해 보면 그 학생을 충분히 이해하지 못한 채 잘못만 나
무랐던 것 같습니다. 정작 그가 그토록 방황했던 이유에 대해 잘 알지
도 못하면서요.

그때의 저는 스스로가 사명감이 투철한 선생님인 줄 알았습니다. 선
생님의 말은 무조건 옳다는 생각이 오만인 줄 몰랐어요. 학생은 선생
님의 말을 잘 듣고, 공부를 열심히 해야 하고, 학교는 당연히 빠지면
안 되고. 그게 인생의 정답인 줄 알았습니다. 다른 건 경험해 보지 못

했어요. 다른 방식은 틀린 거라고 배웠으니까요.

그날 그 학생은 가출하고 학교에 오지 않았어요. 저는 학생이 어떻게 그럴 수 있는지 이해되지 않았습니다. 어떻게든 학교에 오게 해야 한다고만 생각했어요. 다른 친구들을 통해 그 학생이 시내에 있다는 사실을 알고 잡으러 갔습니다. 갑자기 들이닥친 선생님을 보고 무척 당혹해하던 얼굴이 떠오릅니다.

그때 저의 마음은 뭐였을까요? 가출한 학생을 잡으러 가는 사명감이었을까요. 아니면 일탈을 용납할 수 없다는 정의감이었을까요. 무엇이 있는지 잘 모르겠습니다.

하지만 지금까지도 후회되는 건 그날 그 학생을 데리고 오면서도 '왜?'라고 물어보지 않았던 거예요. 가출하면 안 된다, 학교에 와야 한다고 매섭게 혼내면서도 왜 집을 나갔냐고 제대로 물어보질 않았던 것 같습니다. 눈을 맞추고, 차분히 물어봤다면 조금은 달랐을까요. 그날 이후 그는 학교에 잘 나왔지만 어딘가 기운이 빠진 모습이었습니다. 그때 마음을 살펴줄걸. 그때 조금 더 보듬어 줄걸. 시간을 두고 차근차근 물어봐 줄걸…. 그러지 못했다는 사실이 두고두고 마음에 남습니다.

고개 숙인 네가 기억난다.
너는 웃는다.
웃지 않는다.
웃는다.
웃지 않는다.

너는 고개를 들어 나를 본다.
웃지 않는다.
너는 고개를 숙여 발끝을 본다.
웃지 않는다.

너는 도망간다.
숨을 곳을 찾는다.
나는 너를 붙잡는다.
너는… 먼 곳을 바라본다.

그날을 떠올리면 혹여 제가 던진 말이, 차가웠던 눈빛이 그의 삶을 흔들었을까 두렵습니다. 이십 년이 지나서야 선생님의 한마디가 얼마나 무거운지 알게 되었어요. 이제서야 몹시 겁이 납니다.

저는 부끄러운 제 모습을 기억하지만, 그때 고개 숙인 그의 표정과 눈빛도 기억하지만, 그는 저를 기억하지 않았으면 좋겠습니다. 무심했던 저를 기억하지 않았으면 합니다. 그래서 그때의 제 말이, 행동이 그의 삶에 어떠한 흔적도 남기지 않았기를 바랍니다.

이 글은 미숙했던 젊은 시절에 대한 반성이자, 네가 나를 기억하지 않기를 바라는 염원이다.

선생님, 오늘도 글 써요?

하루는 교실 문에 폴리스라인을 쳤습니다. 진짜 '수사 중'은 아니고, 학생들에게 교실을 나갈 수 없다는 일종의 쇼였습니다. 왜냐하면 글을 다 쓸 때까지 교실 문을 열어주지 않거든요. 뒷문은 당연히 잠갔어요. 그러곤 당당히 외쳤죠.

"다 쓸 때까지 교실에서 못 나가⋯."

아마 글쓰기 시간은 학생들에게 가장 괴로운 수업 중 하나가 아닐까 싶습니다. 글쓰기 시간만 되면 쓰고, 고치고, 다시 쓰며 생각을 다듬어야 합니다. 선생님이 이만하면 됐다고 할 때까지 계속 써야 교실 밖으로 나갈 수 있으니 학생 입장에서 이만큼 괴로운 시간이 없을 테지요. (사실 나가려고 마음만 먹으면 나갈 수 있어요. 하지만 학생들은 선생님의 고집을 이해하고 끝까지 남아 글을 씁니다.) 겨우 글을 다 써서 제출해도 선생님은 자꾸 질문합니다. 정말 솔직한 감정인지, 그때의 구체적 상황은 어땠는지, 감정을 표현할 다른 단어는 없는지 끊임없이 생각하게 합니다.

한번은 한 학생이 오빠와의 싸움을 주제로 글을 썼습니다. 오빠가 자신에게 친절하지 않고, 때로는 폭력적이기도 해서 화가 많이 난다는 글이었어요. 오빠 때문에 얼마나 힘든지, 그런 오빠가 얼마나 미운지 생생하게 표현되어 있었어요. 그런데 처음에 오빠에 대한 불만으로 가득했던 글이 마지막에는 그래도 오빠를 사랑한다는 내용으로 마무리되더군요. 그 학생을 불러서 물었어요. "오빠랑 화해했어? 사랑한다는 말은 솔직한 감정이야? 정말 그렇게 생각해? 지금 오빠에 대한 마음은 어때?" 집요하게 질문하는 선생님 때문에 학생은 난감한 표정을 지었습니다. 설령 오빠에 대한 험담으로 끝이 날지라도 진짜 너의 감정을 쓰라는 말에 불편한 기색이 스쳤어요. 어쩔 수 없이 다시 쓰기 위해 한숨을 폭 내쉬고 자리로 돌아갑니다.

세상에 읽고 쓸 거리는 넘쳐납니다. 하지만 학생들이 좋은 글을 읽고, 깊이 있는 글을 써 본 경험은 별로 없어요. 학생들이 많이 읽고 깊게 생각하는 시간을 가졌으면 좋겠습니다. 그래서 에세이, 서평, 소설, 시나리오 등 많은 종류의 글을 읽고 써 보게 합니다. 분량도 다양하게 열 줄 쓰기, 한 장 쓰기, B4 앞뒤로 쓰기 등 가지각색입니다. 주제도 '가장 상처로 남은 말', '우리 집의 힘', '맛있는 음식 표현하기' 등 다채롭게 하려고 애를 씁니다. 글쓰기 수업으로 얼마나 들들 볶았던지 학생들은 제가 흰 종이만 꺼내도 질색하더군요.
수업 시작 전 복도에서 저를 만나면 오늘도 글을 쓰는지 안 쓰는지 미리 확인하는 것이 중요한 질문입니다.

161

"선생님, 오늘도 글 써요?"

쓰더라도 분량이 얼마나 되는지를 꼭 물어봐요.

"몇 장 써요?"

매일 긴 분량의 읽고 쓰기를 반복했더니 나중에는 A4 한 장을 가득 채워서 쓰라고 했는데도 분량이 적다며 좋아할 정도였어요. A4 한 장에 환호하는 학생들을 보며 짠한 마음이 들기도 했습니다. 그렇지만 어쩌겠어요. 그들이 잘 자라기 위해선 계속 쓸 수밖에요. 오늘도 흰 종이를 꺼내며 학생들에게 말합니다.

"얘들아, 쓰자."

너를 알아보다

> **국어사전 : 알아보다 [동사]**
>
> 1. 조사하거나 살펴보다.
> 2. 눈으로 보고 분간하다.
> 3. 잊어버리지 않고 기억하다.
> 4. 사람의 능력이나 물건의 가치 따위를 밝히어 알다.

함께 쓰고, 함께 우는 그 시간이 소중합니다. 그러고 보니 의도한 바는 아니지만 매년 글쓰기 시간에 꼭 한 명씩은 울리고 있어요. 학생들은 글을 쓰면서 마치 털어놓을 곳이 필요했다는 듯 굽니다. 마음을 글로 쓰고, 말하고, 울어요. 자신의 마음을 읽어주기를, 알아주기를 바란 것처럼요. 그런 학생들의 마음이 보이는 듯해서 글을 읽다가 종종 저도 눈물이 나곤 합니다.

한번은 '너에게 가장 상처로 남은 말'이라는 주제로 글을 썼습니다.

글쓰기를 어려워하는 학생에게는 강렬했던 감정의 순간을 포착해서 쓰게 하면 쉽게 쓰거든요. 하지만 그날 저는 이런 주제를 제시했던 걸 조금 후회했습니다. 학생들의 글을 읽고 마음이 쿵 하고 내려앉았기 때문입니다. 친구에게 받은 상처, 부모로부터 받은 상흔은 오랜 시간 학생들을 괴롭히고 있었습니다. 날카로운 말은 그들의 마음을 마구 헤집어 놓다가 그날 글로 모습을 드러냈습니다.

"도대체 네가 할 줄 아는 게 뭐야?"
"난 네가 싫어. 너한테서 냄새나. 옆에 오지 않았으면 좋겠어."
"형은 공부도 잘하고 인기도 많은데, 넌 왜 그래?"

참새처럼 재잘거리며 장난만 치던 학생들이 그렇게 깊은 상처를 지닌 줄 몰랐습니다. 아픈 말을 그렇게 오랫동안 담고 있을 줄 몰랐어요. 망설임 끝에 한 자 한 자 써 내려간 글들이 아프게 다가왔습니다. 글이 말을 거는 것 같았습니다. 자신을 알아봐 달라고요.

학생들의 글을 읽으며 숨겨둔 마음을 만납니다. 도대체 무슨 생각을 하는지 알 수 없었던 마음이 보여요. 멋쩍게 웃던 얼굴이 사실은 속으로 삼켜온 방황의 흔적임을 알게 됩니다. 어둡던 얼굴이 부모님의 불화로 오랫동안 혼자 감당해야 했던 불안의 그림자임을 압니다. 비밀을 들킬까 겁이 나서, 가슴속에 뒤엉킨 마음을 어찌할 줄 몰라서 붙들고만 있던 속내가 보입니다.

글을 쓰면서 삼키고만 있던 마음이 해방됩니다. 글을 읽으며 그들의 마음을 들여다봅니다. 차곡차곡 눌러놓았던 무거운 고민을, 응어리를 글 속에서 읽습니다. 우리는 글로 서로의 존재를 알아보는 사이가 되곤 합니다.

 글이 저에게 말을 겁니다.
 '저를 알아봐 주세요.'
 제가 대답합니다.
 '그래. 내가 너를 알아볼게.'
 글이 속삭입니다.
 '저의 이야기를 들어주세요.'
 그 말에 다시 대답합니다.
 '그래. 내가 너의 이야기를 들어줄게.'

 글을 쓰게 하고, 읽어 나가면서 학생들의 마음결과 숨은 사정을 좀 더 헤아리게 되었습니다. 온전한 존재로 마주하며 그들의 삶을 들여다 보게 되었습니다. 그들의 마음에 다시 멍이 들지 않게 하려면 어떻게 해야 할까 스스로 묻기도 합니다. 능력이 부족해서 제가 다 채워줄 수는 없습니다. 저의 부족함이 때로 서글프게 느껴질 때도 있어요. 하지만 선생님이 마음을 알아봐 주는 것만으로도, 때론 함께 울어주는 것만으로도 학생들이 나아간다면, 그것으로 충분합니다. 저는 그저 그들의 글을 읽고, 마음을 살필 뿐입니다.

「너에게 보내는 편지」

문득 찾아오는 외로움이
삶을 말할 수 없이 쓸쓸하게 만들 때
아무에게도 털어놓지 못하고
아무도 알아주지 않는 공허함으로 방황할 때
나를 알아봐 주는 누군가가 있다면
내 마음을 보듬어 주는 누군가가 있다면
외로움을, 상실을 이해해 주는 한 사람이 있다면
그러면, 살아갈 수 있지 않을까
한 걸음 더 나아갈 수 있지 않을까

길을 걷다 문득 우리가 함께했던 순간이 떠오르기를 바란다. 바람 한 줌에 나의 말이 떠오르고, 햇살 한 움큼에 함께 읽었던 글이 생각나길 바란다. 그리하여 너희 앞에 펼쳐진 삶이 조금 덜 쓸쓸하고, 조금 더 충만하길 바란다.

내가 너를 알아본 일이 훗날 너에게 힘이 되길 바란다. 어린 시절 썼던 글이 삶의 방향을 가늠하는 작은 나침반이 되길 바란다. 우리가 나눈 말들이, 함께 한 시간이 너의 길 위에 놓인 작은 빛이 되길 바란다.

그저 그뿐이다.

그리하여 혼자서도 단단하게 걸으며, 걸음마다 펼쳐진 생의 찬란함을 만끽하길 바란다.

선생님의 사전 : 알아보다[동사]

1. 마음을 살펴보다.

2. 존재를 들여다보다.

3. 있는 그대로 받아들이다.

4. 혼자가 아니라는 감각 또는 세상과 연결된 느낌을 주다.

나를 나아가게 하는 힘

교사는 기본적으로 주는 사람입니다. 자신이 가진 것을 내어주고 싶은 사람들이 모인 집단입니다. 자신의 헌신으로 상대가 기뻐하는 모습을 보고 행복을 느낍니다. 따뜻한 애정을 주고, 배움을 나누고, 세상을 보는 시선 또한 전해주지요.

그런데 처음에는 자신을 올려다보는 눈동자가 기꺼워서 무엇이든 내주지만 시간이 지나다 보면 더는 줄 게 없다는 생각이 듭니다. 주는 것이 싫은 게 아니라 새로 채우지 않고 계속 주기만 하다 보니 가진 것을 다 소진해 버렸다는 의미입니다. 그러다 애정을 쏟았던 학생들이 떠나거나 잘해보려고 한 노력이 전혀 다른 결과로 되돌아올 때면 마음이 그만 헛헛해집니다. 버석한 바닥을 드러내고 맙니다.

생각해 보면 십 년이 넘는 교직 생활 동안 마음이 움츠러든 순간도 많았어요. 급식이 맛이 없다고 숟가락을 집어 던진 학생도 있었고, 거친 욕설을 하며 문을 부술 것처럼 발로 차고 나간 학생도 있었습니다. 어떻게든 학생을 끌어안아 보려는 노력이 부모님의 항의로 물거품이 된 적도 있었어요. 그런 시간을 지날 때면 더없이 속이 쓰리고 아픕니다.

그럼에도 저를 움직이게 하는 건 학생들이 주는 사랑입니다. 학생들로부터, 학부모로부터, 동료 교사로부터 사랑받은 교사는 그걸 발판 삼아 나아갑니다. 사랑받은 만큼 성장하고, 다시 학생들에게 그 사랑을 전해줍니다. 엄마가 행복해야 아이가 행복하다는 말도 있지 않은가요. 교사도 마찬가지예요. 학생들이 보내는 사랑은 교사를 행복하게 합니다. 그리고 행복한 교사는 계속 나아갑니다. 자신을 돌보며 성장해요. 그러고 나면 학생들에게 아무리 많이 주어도 다 소진되지 않습니다. 내어준 만큼 다시 차오르는 힘이 있거든요.

기억해 봅니다.

교무실 책상에 슬쩍 놓고 가는 편지. 생일날 학생들이 불러주는 노래. 칠판에 낙서처럼 써 놓은 사랑한다는 말. 복도에서 반갑게 불러주는 선생님의 이름, 웃음, 다정한 눈빛…. 스치듯 지나가는 사소한 말들이 마음에 스며듭니다.

선생님을 보며 배시시 웃는 얼굴에 마음이 녹아듭니다. 슬며시 옆으로 다가와 손을 잡는 따스함에 힘이 납니다. 가끔은 지칠 때도 있어요. 하지만 생각지도 못한 순간에 불쑥 나타나는 사랑은 충만한 행복이 됩니다. 애정 어린 눈빛이 저를 그들의 세상으로 끌어당깁니다. 그들의 따뜻한 한마디가 저를 앞으로 나아가게 합니다.

갈수록 좋습니다. 점점 더 좋습니다.
가르치는 일이, 함께하는 이 시간이.

"나를 사랑하는 너희를, 사랑한다."

선생님의 소망

삶은 자신이 원하는 대로 흘러가지 않습니다. 살면서 거친 파도를 만나고, 상처 입기도 합니다. 때로는 몰아치는 바람에 무릎을 꿇기도 하고, 잠깐 비추는 햇살에 겨우 몸을 녹이기도 합니다. 그런 순간마다 학생들의 삶에 글이 함께 하기를 바랍니다. 마음이 아픈 날에는 시를 읽으며 위로받고, 방황하는 순간에는 소설에서 길을 찾기를 바랍니다. 몹시 흔들리는 날에는 글을 쓰며 단단하게 자신을 붙들었으면 좋겠습니다. 그러면 우리가 걸어가는 길고 고단한 삶에도 조금은 기댈 곳이 있지 않을까요.

2부

성장 멘탈
업데이트 중

삶이란 마치 아무것도 그려지지 않은 거대한 도화지를 한 조각 한 조각

채워나가는 과정 같습니다. 어제의 나보다 오늘 한 걸음 더 나아가는

그 작은 발자국들에 의미를 두며 온전히 나로서 살아가는 방법을

찾아가는 중입니다. 어쩌면 이 탐색의 과정 자체가 우리에게 주어진 가장

큰 선물일지도 모릅니다.

교사로 살아가는 중입니다

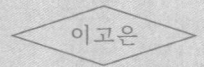 이고은

완전하지 않아도 괜찮습니다.
진심이 있다면 아이들은
그 마음을 가장 깊이 기억합니다.

봄, 만남, 별빛 교실

"사람이 온다는 건 실은 어마어마한 일이다. 그는 그의 과거와
현재와 그리고 그의 미래와 함께 오기 때문이다."

– 「방문객」, 정현종

누구에게나 특별한 순간이 있습니다. 매년 새로운 아이들을 만나는
3월 첫날은 매우 특별한 순간입니다. 사람들 사이에 맺어지는 관계를
의미하는 '인연', 아이들과 교사의 만남도 새로운 인연으로 연결됩니다.

"넓고 넓은 우주 속 많은 은하들 중 태양계에서, 세계 여러 나라 중
우리가 살고 있는 대한민국에서, 서울에서, 또 지금 여기 별빛 교실에
서 이렇게 소중한 인연으로 여러분을 만나게 되어 기뻐요. 반가워요!"

서로에게 영향을 주고받으며 한 해를 함께 살아갈 우리들의 이야기
가 시작되는 시점입니다. 1년이라는 시간 동안 웃고 울고, 기쁜 순간과
힘든 순간을 함께 나눌 '운명 공동체'를 마주하는, 우연과 필연이 오묘

이고은 교사로 살아가는 중입니다

하게 얽힌 참으로 귀한 일입니다. 계절과 함께 수많은 이야기를 쌓아 나갈 아이들 한 명 한 명이 다가오는 날입니다.

교실이라는 공간은 제게 늘 작은 우주와 같은 느낌입니다. 큰 우주 속에서 우연처럼 시작되었지만 결국 필연처럼 이어진 인연들이지요. 수많은 상호작용과 다채로운 감정들, 그리고 배움과 성장이 끊임없이 연결되는 장소입니다. 저마다의 시간을 함께 나누는, 살아 숨 쉬는 하나의 작은 우주입니다. 그리고 자신만의 빛으로 각자의 속도에 맞추어 빛나는 아이들이 있습니다. 그렇게 별빛 교실에는 무한한 가능성을 품은 많은 별들이 가득합니다. 그 안에서 저 역시 공존하는 중이고요.

매년 아이들에게 듣고 싶은 말을 물어봅니다. 엄마 아빠에게 듣고 싶은 말, 선생님에게 듣고 싶은 말, 친구에게 듣고 싶은 말.

"선생님, 뭘 적어야 할지 모르겠어요."

자신을 드러내는 일에 서툴거나 텅 빈 종이 앞에서 주저하는 아이들을 위해 다양한 책을 구비해 놓습니다. 따스한 그림과 문장들이 담겨 있는 책, 마음의 온기와 깊이를 더해주는 책들 말입니다. 아이들은 책장을 넘기며 저마다 마음에 와닿는 문장을 찾고 사각거리는 손 글씨로 듣고 싶은 말을 적어 나갑니다. 아이들이 집중하는 동안 저 또한 아이들과 함께 마음에 드는 문장을 적어봅니다. 잔잔한 글귀 속에서 잠시 멈추어 보기도 하고 문득 마음에 스며드는 한 문장을 만나면 고개를 끄덕이기도 합니다.

아이들이 자신만의 이야기를 찾아가는 그 작은 순간들을 함께할 수 있어 참 감사하다는 생각이 듭니다. 작은 조각들이 저마다의 삶과 연결되어 다듬어지길 소망합니다. 여러분의 듣고 싶은 말은 무엇인가요?

이고은 교사로 살아가는 중입니다

새로 온 전학생

"이거 혹시 버리시나요? 버려지는 거면 교실에 가지고 가도 될까요?"

시청각실 모퉁이에서 갈색 전자 피아노와 만났습니다. 88개의 건반에 꽤 예전 모델이라 은근히 부피가 큼직했습니다. 그날은 낡아서 버려지는 피아노들을 정리하는 날이었습니다. 버려지는 영혼들이 따닥따닥 한쪽 벽에 붙어 자신의 순서를 기다리고 있었습니다.

오래되어 버려질 뻔한 피아노, 네 개의 다리 중 어딘가가 아픈지 삐걱거리는 소리에 쿵 하고 부서질까 봐 무작정 밀고 끌 수도 없었지요. 아이들에게 서프라이즈로 짜잔! 선물처럼 공개하고 싶었는데 피아노는 생각보다 크고 무거웠습니다. 함께 들고 올 수 있는 아이들과 함께 천천히 피아노를 교실로 데리고 왔습니다. 교실 속 남는 공간에 딱 안성맞춤이었어요. 모퉁이와 다리가 오래되어 헤지고 희끗희끗한 갈색 피아노. 나무 건반과는 다른 플라스틱 소재의 가벼운 건반, 그리 좋은 상태는 아니었지만 나름 깨끗하고 쓸만했습니다. 교실에서 피아노 소리가 들리는 건 정말 오랜만이었습니다. 그렇게 별빛 교실에는 특별한 전학생이 오게 되었습니다.

코로나가 유행하던 시기, 아이들과 얼굴을 마주하고 소통할 기회가 부족했습니다. 서로의 표정을 바라보며 공부하는 것이 당연했었는데, 그 당연함이 불편함이 되던 시기가 있었습니다. 피아노가 교실 한편에 자리하자 아이들의 마스크 너머로 웃음이 비쳤습니다. 피아노와 함께 하는 교실의 공기는 조금 달랐습니다. 정말 새로운 전학생이 온 것 같 았습니다.

피아노를 통해 저 또한 어린 시절의 나를 만나게 되었습니다. 유치 원에 다니던 시절 멜로디언이 재밌어서 배우게 된 악기, 어른이 되고 나서 정식으로 건반을 눌러보는 건 아주 오랜만이었습니다. 어린 나 의 손이 기억하는 체르니 곡 몇 가지, 별거 아닌 연주였지만 잔잔한 피 아노 소리가 들려오니 아이들도 조금씩 주변으로 모여 왔습니다. 집 에 언니, 오빠가 배우는 피아노가 있어 뚱땅뚱땅 쳐본 아이들, 현재 열 심히 배우고 있는 아이들, 부모님 손에 이끌려 학원에서 한 번쯤 만져 봤을 법한 아이들까지, 아이들은 모두 저마다의 다양한 경험을 가지고 있었습니다. 전자 피아노 안에는 꽤 다양한 버전의 전자음도 탑재돼 있었습니다. 그렇게 그날부터 별빛 교실에서는 음악 소리가 들리기 시 작했습니다. 새로운 전학생과 우리는 사부작사부작 즐거운 추억을 쌓 기 시작했습니다.

쉬어가기

"10분 동안 뭘 하면 좋을까?"

아주 작은 시간 조각 10분. 하지만 10분의 쉬는 시간을 누구보다 즐겁게 즐기는 아이들이 있습니다. 일상 속 즐거움을 찾는 저에게 쉬는 시간마다 다르게 노는 아이들의 모습을 관찰하는 것은 매우 흥미롭습니다.

하루는 카프라로 높은 탑을 쌓고 있는 진지한 아이들의 모습을 바라보았습니다. 함께 아슬아슬한 긴장감을 나누다가, 천장에 닿을 만큼 높아진 탑 앞에 의자를 밟고 올라가 너도나도 해맑게 웃고 있는 모습에 같이 까르르 웃습니다. 아이들은 놀이를 통해 작은 행동의 반복만으로도 엄청난 작품을 만들어낼 수 있다는 것을 경험합니다. 혼자 하면 느리지만 여럿이 함께하면 꽤 탄탄하고 멋진 탑을 높게 지을 수 있다는 것도 체득하고요. 단정하고 균형감 있는 시각적인 형태가 드러날 때 즐거움을 얻는 덤까지, 더 높이 쌓을수록 모험심과 짜릿함을 느낀

180

다는 아이들. 단순한 놀이를 통해 아이들은 스트레스를 해소하고 있었고 그걸 보는 저 또한 즐거웠습니다.

잠깐의 쉼을 즐겁게 보내는 일은 큰 의미가 있습니다. 가로, 세로 번갈아 겹쳐 쌓아 올리는 단순 반복 활동만으로도 작은 성취감을 느낀 아이들은 이어지는 시간에도 꽤 즐거운 표정으로 수업에 참여합니다. 쉬는 시간 동안 작은 성취와 즐거움을 맛봤으니까요!

종소리로 의도적인 여백을 주는 삶. 쉬는 시간 종이 울리면 아이들도 저도 잠시 쉬어갑니다. 힘들었던 뇌가 잠시 쉬어가게끔 도와주는 시간, 이 잠깐의 휴식 덕분에 우리는 에너지를 관리합니다. 가끔 주말에는 쉬는 시간 종소리가 없어 아쉽기도 합니다. 쉬는 것이 당연할 때에는 짧은 쉼이 주는 소중함을 느끼지 못합니다. 빽빽한 일정 속에서 잠시 주어지는 쉬는 시간이 얼마나 값지고 행복한 순간인지, 누구나 한 번쯤은 경험해 봤을 것입니다. 바쁘고 다이내믹하지만, 학교와 함께하는 제 일상을 사랑합니다. 아이들과 배움이 가까운 이 삶에서 순간순간 즐거움을 느낍니다.

이고은 교사로 살아가는 중입니다

비밀정원

　삶이란 마치 아무것도 그려지지 않은 거대한 도화지를 매일 조금씩 채워나가는 과정 같습니다. 정해놓은 속도나 색깔에 갇히지 않고, 오직 '나'라는 존재의 고유한 호흡에 맞추는 일입니다. 어제의 나보다 오늘 한 걸음 더 나아가는, 그 작은 발자국들에 의미를 두며 온전한 나를 살아가는 방법을 찾아가는 중입니다. 어쩌면 이 탐색의 과정 자체가 우리에게 주어진 가장 큰 선물일지도 모릅니다.

　삶의 방향성은 실로 헤아릴 수 없이 다채로운 빛깔을 지니고 있습니다. 어떤 이는 넓은 바다를 향해 거침없이 나아가고, 또 어떤 이는 깊은 숲속에서 자신만의 고요를 찾아 머무릅니다. 누군가는 눈부신 정상에 오르기 위해 끊임없이 도전하고, 다른 누군가는 익숙한 풍경 속에서 작은 행복을 일궈냅니다. 무한히 펼쳐진 삶의 스펙트럼 속에서 우리는 다양한 형태와 의미를 가진 삶의 모습들을 마주합니다. 이러한 삶도 있고 저러한 삶도 있고요. 모든 삶의 모습을 존중합니다. 서로 다른 길이 모여 거대한 지도를 이루듯, 다양성을 따뜻한 마음으로 포용하는 순간 세상은 비로소 저마다의 꽃을 피우는 다채로운 정원이 됩니다. 각자의 향과 색깔이 어우러져 더욱 풍성하고 아름다운 하모니를 만들어 내는 바로 그런 정원 말입니다.

어릴 적 놀이터에서 동네 친구들과 신나게 뛰어놀다가 어수룩한 저녁이 되면 텔레비전에서 시작하는 세일러문을 보기 위해 집으로 들어가던 아이. 오프닝 전주가 흘러나오는 순간이 설레었고 사랑과 정의의 이름으로 악의 무리를 물리치는 세일러문과 친구들을 종합장에 하나씩 그리곤 했습니다. 어떻게 하면 세일러문을 잘 그릴 수 있을까가 인생의 최대 고민이었던 시기. 인형 옷 입히기 종이 시리즈를 오리고 놀다가 본을 떠서 다른 디자인으로 수정해 색칠하고 놀던 시절, 친구들과 모여 각자 학습지를 만들고 역할놀이 하던 기억, 가끔은 그 시절이 그립습니다.

어린 시절의 꿈은 디자이너였습니다. 지금 돌이켜 생각해 보면 무언가를 기획하고 만들어 나가는 것, 희미하게 떠오르는 심상과 아이디어를 표현하고 명확하게 구현해 내는 것에 관심이 있었던 모양입니다. 디자인의 사전적 정의는 어떤 목적을 조형적으로 실체화하는 것입니다. 참 신기한 건, 그 성정이 변하지 않아 내재한 감각들이 지금도 일상 속에 떠다니며 삶을 디자인하고 있다는 것입니다. 1년 동안 교실을 꾸려나가는 것, 하나하나의 수업을 계획해 활동하고 성찰하는 것, 교육과정을 재구성해 지도안을 만들고 활동에 활용할 구체적인 교육자료를 만드는 것 등 직장 속에서 하고 있는 일들은 디자인과 매우 닮아 있습니다. 글을 써 나가는 과정, 음악을 만들고 연주하는 과정, 수업을 만들어 나가는 과정 모두 디자인의 그 결을 담고 있습니다. 지금도 여전히 생각과 감정을 잘 표현하는 것에 관심이 많습니다.

하고 싶은 말

아이들과 국어 시간에 인생 그래프를 그려봅니다. 국어책에 등장하는 인생 그래프 그리기. 자신을 찾아가는 방법으로 가장 먼저 해 본 작업은 노트에 지금까지 살아왔던 일생을 쭉 적어 보는 것이었습니다. 유치원 때 좋아했던 놀이, 친구들과 동네에서 즐거웠던 추억, 기억에 남는 재밌었던 활동 등을 시작으로 차근차근 구체적으로 꺼내 보는 것입니다. 하나씩 조용히 적어 내려가다 보면 걸어온 모든 일들의 결이 자연스럽게 드러나고 서로의 접점 또한 선명해집니다. 꿈은 하나의 점으로 수렴되는 것이 아니라 서로 조금씩 이어지고 차곡차곡 쌓여 올라가며 만들어지는 것, 여러 이야기들이 모여 비로소 완성되는 것이라 생각합니다.

"우리는 하루에도 여러 개의 작은 점들을 하나하나 찍어 나가는 중이야. 내가 하는 말, 생각, 행동, 관심사, 나의 주변과 함께하는 활동 등 나와 관련된 모든 것들이 오늘을 이루는 점이 되는 중이야. 일상을 그냥 흘려보내지 말자. 실수든 실패든 엉뚱한 일이든, 쓸모없는 경험

185

은 없어. 하나하나 점으로 모이는 과정 중이니까, 무엇이든 도전하고 최선을 다하자. 그 점들이 어떻게 연결되어 미래의 나에게 어떠한 영향을 끼칠지는 모르지만, 언젠가는 그것들이 연결되는 지점이 올 거야. 그게 언제일지 선생님도 아직 과정 중에 있어 모르지만, 지금까지의 경험들이 지금의 나를 만들어 주었어."

"connecting the dots"

스티브 잡스 연설에 등장하는, 도덕이나 창체 시간에 아이들에게 자주 언급하는 말이자 좋아하는 말이며 삶의 모토이기도 한 말입니다. 실패든 성공이든 하나하나의 수많은 점이 과정으로 모여 오늘의 나를 구성하고 있습니다. 그리고 '진리가 너희를 자유케 하리라.(And you shall know the truth, and the truth shall make you free.)'는 말처럼, 우리는 시야를 넓혀가고 성장하는 과정을 통해 한 단계씩 나에게 다가가고 어제보다 더 자유로워질 수 있습니다.

학창 시절 특정 대학교의 특정 학과를 목표로 하는 친구들이 부러웠습니다. 제일 잘 하고 좋아하는 하나를 정하기가 쉽지 않은, 다재다능하지만 애매한 재능을 가진 아이. 그렇지만 이 애매한 재능이 너무 감사하게도 지금은 교실에서 빛을 발하고 있습니다. 각자의 꿈이 피어나는 아이들에게 어린 시절의 고민거리와 다양한 이야기를 나누어 줄 수 있음에 행복합니다.

어떤 삶을 살아가고 싶은지, 누군가에게 어떤 메시지를 전달해야 하는지, 선택하고 집중해야 할 것은 무엇인지를 늘 고민합니다. 그리고 그 경험과 생각들은 작은 기록으로 남겨놓습니다. 조금씩 쌓여가는 것들은 단순한 흔적을 넘어 초심을 비추는 거울이 됩니다. 마음먹은 대로, 생각한 대로 살아가고 있는지 스스로 돌아볼 수 있는, 그리고 그 시절을 기억할 수 있는 추억이 됩니다. 때로는 노력해도 머물러 있는 듯한, 실패하더라도 다시 일어나 한 걸음씩 성장해 가는 한 사람의 이야기이기도 합니다. 이러한 반복의 시간을 지나며 삶의 방향성과 결이 더 단단하지 정돈되어 갈 것이라 믿습니다. 삶이 준 경험들을 더 많은 이들과 나눌 수 있음에 감사하며, 어제보다 더 나은 교사가 되기 위해 작은 장치들을 더해 나갑니다. 그리고 오늘의 나를 조금 더 '아(我)'름답게 가다듬어 봅니다.

이고은 교사로 살아가는 중입니다

힘든 날을 이겨내는 법

　삶의 파도가 거세게 밀려올 때면 우리는 저마다의 방식으로 그 물살을 넘어서려 애씁니다. 원치 않게 갑작스러운 사고를 경험하듯, 교실에서도 쉽지 않은 날들을 마주하는 때가 있습니다. 무력감과 피로가 쌓이다 보면 따뜻한 마음과 감성들은 점차 바사삭 메말라 갑니다. 마음의 여유가 없을 때 평온한 마음을 유지하기란 쉽지 않습니다. 차가운 머리로 주어진 일들을 하나씩 처리해야 하는 과정을 경험하기도 합니다. 행복하지 않은 상태를 견뎌야 하는 시기 동안 '이 또한 지나가리라'라는 마음으로 작고 사소하지만 좋아하는 것들을 곁에 두며 스스로를 안아주어야 했습니다. 그럴 때면 다시 초심을 생각하며 가장 행복했던 순간들을 떠올리게 됩니다.

　비록 주어진 시간이 영원하지 않을지라도, 지금 이 순간을 가장 좋아하는 것들로 채우려 합니다. 흘러가는 매 순간을 제가 가장 사랑하는 것들로 채우고자 합니다. 삶의 빛을 더욱 선명하게 만드는 과정, 이것이 어쩌면 자신에게 주는 가장 큰 선물인지도 모릅니다. 좋아하는 사람과 좋아하는 음식을 먹으며 좋아하는 공간에서 좋아하는 음악을 듣고 좋아하는 향을 맡으며 요즘 좋아하고 있는 것들에 관한 이야기를 나누고 싶습니다.

스스로를 돌보는 과정에서 명상을 하고, 우연히 마음이 끌리는 책을 골라 읽기도 합니다. 흩어졌던 나의 일상을 돌보고 몸과 마음, 그리고 주변을 재정비하는 시간을 가집니다. '아 맞다, 내가 좋아하는 것들이 이렇게나 많았었지.' 바쁜 일상에 잠시 잊고 있었던 잔잔한 감정들이 다시 차오릅니다. 카페인도 건강을 위해 잠시 끊어볼까 했지만 그 고소하고 향긋한 커피 향을 잊을 수 없어 오늘도 커피는 제 옆에 있습니다. 기분 전환이 필요할 땐 보송한 거품으로 손을 씻고 돌아와 책상에 놓인 핸드크림 중 원하는 향을 선택합니다. 머무는 시간과 공간에 좋아하는 작은 요소 하나를 더하는 것만으로도 작은 평온함이 찾아옵니다. 포근한 의자에서 결이 맞는 책 하나, 입에 딱 맞는 커피와 함께 홀로 사색하며 보내는 시간은 참 행복합니다.

이고은 교사로 살아가는 중입니다

나에게 영감을 주는 것들

화단에 핀 꽃의 형태와 색깔에 감탄하고 시시각각 변화하는 하늘의 모습에 마음을 빼앗깁니다. 일상 속 자연이 주는 정서와 따뜻한 기운에 감동합니다. 지난 추석 보름달 덕분에 밤하늘은 온통 따뜻한 노란빛으로 물들어 있었습니다. 온전히 찬 달이 뿜어내는 가득 찬 공기, 모든 생명을 감싸는 선명한 존재감, 따스한 달빛을 바라보며 저 역시 마음속 소원을 말할 수 있었습니다.

나무가 가득한 창한 숲에서도 하늘을 올려다보면 묘하게 사이사이 하늘빛이 보이는 공간들이 있습니다. 나무와 나무 사이에 살짝 생기는 거리, 나뭇잎끼리 서로의 공간을 침범하지 않으려, 혹여나 해를 줄까 싶어 서로를 배려하는 공간이요. 그날따라 하얀 구름들도 달빛을 가릴까 말까 망설이며 주변을 맴돌았습니다. 우리가 기다리는 보름달이 가려질까 봐 구름이 달 주변으로 동그랗게 모여들었습니다. 달빛을 보호하듯, 그가 더 돋보이게 서로 도와주기라도 약속한 듯 구름들이 달빛 주변을 아늑하게 감싸고 있었습니다. 밤하늘에 꽃이 핀 듯, 흰 구름 덕분에 노오란 달빛이 물들어 번지며 더 아름답게 피어났습니다. 꽃처럼 피어나는 달빛이 참 아름다웠습니다.

  평소에 카메라로 사진이나 영상을 찍는 걸 즐기고 좋아합니다. 시선이 닿는 그 순간이 소중해서, 한순간도 똑같은 순간이 없어서, 흘러가면 다시 볼 수 없는 장면이라는 생각에 담아내고 싶은 욕심이 생기나 봅니다. 생각해 보면 인생에 영감을 주는 장면은 찰나의 순간인 것 같습니다. 지나가는 추억과 다가오는 감정들을 무언가에 담아낸다는 행위는 참으로 귀합니다. 그날의 빛, 바람의 온도, 아이들의 웃음소리, 그때의 감상을 느낄 수 있는, 그리고 '그때의 나'를 만날 수 있는 시간의 문이 되곤 합니다.

  아이들과 함께했던 공간, 옹기종기 가지고 놀던 놀잇감, 함께 만들었던 작품들은 시간이 흐른 뒤 다시 꺼내어 보는 이야기가 됩니다. 작은 흔적들이 모여 아이들의 성장과 나의 하루를 이어주던 교실은 다정한 공간으로 기억됩니다. 결국 사진을 찍는 일도, 글을 쓰는 일도, 아이들을 가르치는 일도 모두 같은 마음에서 비롯된 것 같습니다. 스쳐가는 순간을 사랑하고, 소중한 그 순간들을 더 오래 간직하고 싶다는 마음에서 말입니다.

이고은 교사로 살아가는 중입니다

다짐

 인생을 살다 보면 힘든 순간이 찾아옵니다. 원하든 원치 않든, 필연이든 우연이든, 자의든 타의든. 여러 가지 변수를 겪어가며 모든 건 영원할 수 없다는 것을 경험합니다. 자연스럽게 그 과정에서 우리는 '변하지 않는 것'이 무엇인지 떠올립니다. 교사로서 매년 새로운 아이들을 만난다는 것은 매우 설레는 일임과 동시에 슬픈 일입니다. 만남과 헤어짐이 반복되다 보면 무뎌질 법도 한데, 아직도 그게 잘 안되는 순간들이 있습니다.

 매년 만나는 한 아이, 한 아이가 모두 소중한 인연이기에 헤어짐을 앞두고 아이들이 가장 듣고 싶어 했던 말을 한 번 더 건넵니다. 마음이 따뜻해지는 책을 함께 읽었던 날, 서로에게 편지를 주고받았던 순간들은 오롯이 기억 속에 남아 있습니다. 추억이 담긴 손 글씨들은 악보 파일에 넣어두었다가 그 시간이 그리울 때면 조용히 펼쳐보곤 합니다. 글씨를 보고 있으면 아이들의 얼굴이 떠오르고 목소리도 들리는 듯합니다.

192

모든 일이 계획대로 흘러가면 좋겠지만 그런 날은 손에 꼽습니다. 마음먹은 만큼 이루어지지 않는 날도 있고, 애써 쌓아 올린 것들이 한순간에 무너지는 날도 있습니다. 그럼에도 오늘 다시 교실 문을 엽니다. 어제보다 조금 더 밝은 목소리로 아이들의 이름을 부르고, 아이들의 표정 속에서 새로운 빛을 찾습니다. 때로는 지치고 마음 한구석이 허전한 날도 있지만 아이들의 눈빛에는 늘 다시 시작할 이유가 담겨 있습니다.

교실 속 여정에는 언제나 사람이 있습니다. 올바른 방향으로의 변화를 믿기에, 오늘도 아이들을 만납니다. 교육은 긍정적인 변화를 만드는 일이며 그 진심은 언젠가 반드시 닿을 것이라 믿습니다. 끝없는 질문이 피어나는 교실에서 오늘도 아이들과 함께 자라며 함께 배우는 사람으로 공존합니다. 아이들에게 주는 작은 영향들이 모여, 언젠가 그 아이들이 자란 세상에 긍정적인 영향을 줄 것입니다. 그리고 이러한 기대감이 저를 움직이게 합니다. 교육은 언제나 사람과 사람의 이야기입니다. 우리의 가르침이 완전하지 않아도 괜찮습니다. 진심이 있다면 아이들은 그 마음을 가장 깊이 기억합니다.

진심으로 아껴주고 소중히 여기는 마음을 뜻하는 사랑, 사랑하는 존재가 있다는 것, 사랑을 받고 그 사랑을 또다시 나누어줄 수 있다는 건 행복한 일입니다. 그런 의미에서, 무한한 사랑을 느끼고 또 나누어 줄 수 있음에 감사합니다. 스스로와 주변을 더 정성스레 가꾸고 사랑해야지, 오늘도 다짐합니다.

다정함을
잃지 않기 위해, 오늘도

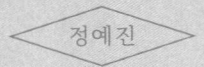

정예진

마음의 온도를 조절하는 법을
알지 못했던 스물네 살의 봄,
저의 교직 생활은
그렇게 시작되었습니다….

꽃이 피던 첫 교실

스물네 살의 봄, 교단으로 향하는 발걸음 아래 병아리 선생님의 심장이 쿵쾅거립니다.

그 떨림의 절반은 이제 막 땅을 뚫고 솟아난 새싹 같은 초임 교사의 순수한 설렘이었고, 나머지 절반은, 곧 마주할 소녀들에게 과연 '노련한 어른'으로 보일 수 있을까 하는 막연한 두려움이었어요. 기대와 불안이 뒤섞인 심장을 부여잡고, '학생들은 저를 어떤 눈빛과 표정으로 맞이해줄까?' 상상하며 조심스레 교실 문을 열었습니다.

봄 햇살보다 눈 부신 순간이었어요.

3월의 첫날, 교실은 낯섦으로 가득해요. 학생들은 호기심과 경계심이 뒤섞인 눈빛으로 이십 대 초반의 교사를 머리부터 발끝까지 훑어봅니다. 그 시선이 얼굴에 닿는 순간, 낯선 평가의 압박에 서서히 목이 조여왔고, 결국 목소리는 밖으로 나오지 못한 채, 갇혀 버리고 말았어요.

197

"안녕하세요. 오늘부터 여러분과 정치 수업을 하게 된 정예진 선생님입니다."

학생들에게 멋지고 당당하게 첫인사를 건네고 싶었지만, 계획했던 문장들은 온데간데없고 목소리는 염소처럼 바들바들 떨렸어요. 손에 쥔 분필은 긴장감을 못 이겨 금방이라도 부러질 듯했습니다.

이십 대 초반의 신규 교사는 첫날부터 학생들에게 '만만한 존재'로 보이고 싶지 않았어요.
노련함과 카리스마를 갖춘 교사처럼 보이고 싶어 어깨에 잔뜩 힘을 주었죠. 하지만 거울 속 모습은 그저 스물네 살의 신규 교사일 뿐이었어요.
그때는 왜 그렇게 '신규 티'를 내지 않으려 애썼을까요. 떨리더라도 젊은 교사의 포부와 열정을 솔직하게 드러냈다면 오히려 좋았을지도 모르겠습니다.

아이들 한 명 한 명과 눈을 맞추며, 떨리는 입술을 눌러 부자연스러운 미소를 지어봤어요. 한 해 동안 수업을 어떻게 이끌어갈지, 수업 준비물과 필요한 마음가짐은 무엇인지 설명했지만 머릿속은 새하얗게 변해버렸고, 몸은 구름 위를 둥둥 떠다니는 듯했어요.

첫 시간, 교실에는 두 가지 시선이 머물러 있었어요.

2부 성장 멘탈 업데이트 중

순하고 다정한 미소로 긴장한 저를 응원하듯 바라보는 아이들. 그리고 다리를 꼬고 팔짱을 낀 채, 냉소적인 눈빛으로 '얼마나 잘하나 보자'라는 듯 따갑게 바라보는 아이들도 있었죠.

그 시선을 마주하는 순간, 노련함의 가면은 사르르 벗겨져 버리고 말았습니다.

퇴근길, 잔뜩 힘을 주었던 어깨가 무너져 내리며 스스로 인정했어요. 노련한 어른이고 싶었지만, 그저 소녀들에게 '잘 보이고 싶은' 신규 교사일 뿐이었다는 것을요. 사실 학생들에게 인기 많은 선생님이 되고 싶다는 마음을 그제서야 솔직하게 마주했어요.

돌이켜보면 그 시절 하루는 '열정'으로 가득했어요. 퇴근 후엔 긴장을 내려놓고 다시 책상 앞에 앉아 늦은 밤까지 교재를 연구하고, 새벽 5시면 일어나 학습지를 만들었죠. 신규 때 만든 학습지가 유난히 어렵고 내용이 많다는 것을 그때는 알지 못했습니다.

몸은 피곤했지만, 마음은 열정으로 꽉 차 있었어요. 교사라는 이름으로 학생들 앞에 서는 것, 그 자체로 미소가 절로 지어지고 가슴 벅찬 행복이었으니까요. 그때의 저는 늘 순수한 기쁨과 에너지로 충전되어 있었어요.

스무 해가 지난 지금, 문득 그해 봄의 저를 떠올려 봅니다.

정예진 다정함을 잃지 않기 위해, 오늘도

그때의 순수한 열정과 벅찬 행복은 지금 제 안에 얼마나 남아 있을까요.

아이들을 향한 시선은 여전히 조건 없이 다정할까요.

다시, 꽃 피던 첫 교실의 순수한 열정과 설렘을 되찾고 싶어집니다.

선생님의 첫날은 어떠셨나요?

아이들을 만나는 일 자체가 기쁨이던 그때의 마음, 여전히 잘 간직하고 계신가요?

칠판 위의 하트

초임 시절 가장 큰 바람은 '학생들이 좋아하는 선생님'이 되는 거였어요. 아이들에게 다정하면서 동시에 카리스마 있고 믿음직스러운 선생님으로 기억되고 싶었죠.

하지만 여고생들과의 관계는 생각보다 미묘했어요. 친근함과 권위, 두 마리 토끼를 동시에 쫓는 일은 예민한 여고생들과의 관계 속에서 균형을 맞추는 것만큼 쉽지 않았습니다. 결국 저에게 더 자연스러운 '다정함'의 옷을 입기로 했어요.

여고생들에게 하트를 구걸하다

당시 근무하던 학교 1층 교무실 앞에는 학급별 출석 현황을 기록하는 칠판이 있었어요. 여고생들은 좋아하는 선생님 이름 옆에 빨간 하트를 그려 넣곤 했죠. 저에게는 그 칠판이 선생님들의 '인기 순위표' 같았어요.

하루는 교무실로 들어서며 칠판을 봤는데, 문득 서운하고 아쉬운 마음이 들었어요. 유쾌하고 다정다감한 영어 선생님, 엄하지만, 신사적

정예진 다정함을 잃지 않기 위해, 오늘도

인 과학 선생님 이름 옆에는 하트가 빼곡한데 제 이름 옆에는 아무 표시도 없었죠. 늘 두 분 남자 선생님의 이름 옆에만 그려져 있는 하트였지만 부러웠어요. '하트 몇 개가 뭐라고….' 하고 스스로를 위로했지만, 괜스레 마음이 허전했어요.

며칠 뒤, 민주주의의 이념인 '평등'을 주제로 수업을 하다 '편애하는 선생님이 싫다'는 아이들의 말에, 저는 장난스럽게 말을 꺼냈어요.

"맞아, 편애는 옳지 않지. 그런데 말이야, 너희들도 은근 그러던걸? 교무실 앞 칠판을 보면 특정 선생님들만 하트가 가득하던데…. 나도 하트 좀 받고 싶어. 성별로 너희들의 사랑을 구분해서 베풀지 말아 줘!"

솔직한 고백에 아이들의 반응이 궁금했고, 마음이 제대로 전해질지 약간의 긴장 속에서 조심스레 아이들을 바라봤어요. 진심이 닿았던 걸까요? 여고생들이 마음을 열고 미소 짓는 모습이 보였어요. 그 웃음 속에 담긴 '우리 선생님 귀엽다'라는 따뜻한 마음이 저에게 고스란히 전해졌어요.

다음 날 아침, 수업을 하려고 교무실을 나서던 저는 깜짝 놀랐어요. 제 이름 옆에 빨간 하트가 폭죽처럼 터져 있었거든요. 늘 인기 만점인 두 분 선생님의 하트를 다 합쳐도 제 것만큼 많지 않았어요.
순간 살짝 부끄러워 얼굴이 달아올랐지만, 그 감정은 금세 가슴 깊이 차오르는 따뜻한 온기로 바뀌었어요.

학생들의 낙서가 저를 '사랑받는 교사'로 만들어 주었으니까요.

아이들의 마음이 그려낸 하트가 제 안의 서운함을 덮고, 행복을 일으켜 세웠어요. 칠판 속 무수한 하트가 마음에 꽉 들어차 저를 우주 대스타로 만들어 주었죠. 어쩌면 다른 선생님들에게는 눈에 띄지 않았을 칠판 속 많은 하트들이 당시 저에게는 너무 큰 의미였는지 모르겠어요.

계단을 성큼 올라 교실로 들어가서는 절로 피어나는 미소를 누르며 시치미를 떼고 아이들에게 말했어요.

"선생님이 오늘 교무실을 나오는데 말이야…"

아이들은 기다렸다는 듯이 입을 모아 말했어요.

"선생님, 그렇게 좋으세요?"

실실 새어 나오는 웃음을 입술로 꽉 누르며 티 내지 않으려고 했지만, 학생들이 건네는 하트 몇 개에 이렇게 가슴이 벅차오를 수 있다니…. 이십 대의 봄날, 여고생들의 작은 표현에 참 행복했어요.

교직이 천직이라 생각될 만큼 학생들에게 푹 빠져 있던 날들이었죠. 어설프지만 사랑받고 싶다는 솔직한 고백이 아이들과 거리를 좁히는 강력한 힘이 될 수 있음을 그때 깨달았어요. 교사는 완벽해서 사랑받는 존재가 아니라, 마음을 먼저 내어주기 때문에 사랑받는다는 것을 말이에요.

마흔이 훌쩍 넘은 지금도 여전히 아이들의 사랑을 받고 싶어요. 젊은 시절처럼 스스럼없이 어울리진 못하더라도, 학생들에게 받는 사랑으로 때때로 찾아오는 교직의 어려움을 조용히 치유하고, 업데이트하며 교단에 오래 서고 싶거든요.

문득 선생님의 오늘이 궁금해집니다.
학생들의 사랑을 받으며 행복한 교직 생활을 보내고 계신가요?

어쩌면 오늘 어느 학생의 마음 칠판에도 선생님 이름 옆에 빨간 하트 하나가 살포시 그려져 있을지도 모르겠습니다.

헌신, 나를 지키는 완급조절

'교직의 꽃은 담임'이라는 아름다운 수식어는 종종 '가시 돋친 헌신'처럼 느껴져요. 적게는 스무 명, 많게는 서른 명이 넘는 '내 새끼들'이 생기는 설렘도 잠시, 아이들을 위해 모든 열정을 쏟아내야 할 것을 알기에 마음 한편으로는 늘 무거운 책임감을 느낍니다. 온 힘을 다해 달리다 몸과 마음이 지칠 때면, 담임이라는 자리는 잠시 피하고 싶은 '버거운 업무'로 전락하기도 해요.

그러나 교실 문을 열고 아이들을 마주하는 순간, 지쳐 꺼졌던 마음 속에 뜨거운 열정이 불꽃처럼 다시 피어오르며 이내 차가운 이성을 압도하고 헌신의 길로 들어서게 만듭니다.

경력이 쌓여도 마찬가지예요. 꽃을 피우는 과정에서 뿌리가 상하고 잎이 시들어 가도 교실 안 아이들을 향한 마음만은 여전히 변함이 없는 것이 우리의 마음이에요.

문제는 헌신이 남긴 흔적입니다. 모든 것을 쏟아부었던 시절, 아이들이나 학부모로부터 받은 예상치 못한 상처와 오해, 그리고 담임이라

205

는 이유만으로 모든 민원에 대응하고 오롯이 책임져야 했던 과도한 부담감은 깊은 상흔으로 남습니다. 그리고 그 상흔은 교사를 번아웃에 이르게 하여, 결국 지치고 소진되도록 만들어 버립니다.

등 번호 0번, '엄마' 교사가 되다

정신없는 행정 업무와 학년 사안으로 눈코 뜰 새 없이 바빴던 삼십 대 시절, 제 열정이 가장 순수하게 빛났던 어느 하루가 떠오릅니다. 당시 담임을 맡은 학급의 아이들은 사건 사고 없이 스스로 잘 지내주었고, 덕분에 감사한 마음으로 첫 부장 업무에 집중할 수 있었어요.

하루는 아이들이 회의를 거쳐 반티를 정했다고 알려왔어요. 큰 분란 없이 결정했다는 사실에 기특해하던 중, 종례 시간에 도착한 반티를 받아 든 순간 저도 모르게 입가에 미소가 번졌어요. 등 뒤에는 학생 개인의 학번과 성별에 따라 '딸', '아들'이라는 단어가 새겨져 있었거든요.

이후 남자 회장이 교탁 앞으로 나오더니, 웃으며 노란색 농구복을 건네주는 거예요. 등 뒤에 쓰인 숫자는 '0', 그리고 단어는 '엄마'였습니다. 당시 아이가 없던 저에게 '엄마'라는 두 글자는 쑥스러움을 넘어 이루 말할 수 없는 설렘과 행복감을 주는 마법의 단어로 다가왔어요. 그렇게 아이들이 공인하는 학급의 엄마가 되어 체육행사가 열리는 운동장에 섰어요.

가만히 지켜만 보겠다고 다짐했지만, '엄마 0번'은 자신과의 약속을

206

허무하게 무너뜨렸어요. 반티를 기분 좋게 차려입은 아이들이 종목마다 뛰어들지-, 저 역시 격한 소리를 내며 응원에 돌입했어요. 줄다리기를 할 때는 줄과 함께 몸이 활처럼 뒤로 젖혀지도록 "영차, 영차"를 외쳤고, 매 경기가 시작되는 순간 담임 교사의 순도 높은 열정만이 남아, 아이들보다 더 격렬하게 응원을 이어갔어요. 그 순간만큼은 열정 외에 다른 이유를 찾을 수 없었죠.

땡볕 아래에서 하루 종일 승패에 따른 아이들의 기분과 의욕을 섬세하게 살피며, 경기에 든든한 지원군으로 참여했어요.

우리 반 딸, 아들이 환호하며 한마음이 되어 땀 흘리는 순간, 다음 날 온몸이 쑤실 것을 알면서도 기꺼이 이 모든 피로에 뛰어들었습니다.

나를 태우지 않는 사랑의 지혜

담임 교사에게는 공적인 업무 목록 외에도 '마음의 재량'이 필요한 일들이 켜켜이 쌓입니다. 학생 한 명 한 명의 마음 문을 두드리는 심리적 수고, 학부모와의 관계를 맺기 위한 세심한 준비는 상당한 시간과 에너지를 요구하죠. 단 한 명의 아이도 소외되지 않도록 학급 분위기를 살피고, 초과근무는 물론, 때로는 사비까지 들여 마음을 쓰는 일은 '담임'이라는 역할의 숙명처럼 느껴집니다. 학생들에게 작은 기념일을 만들어 응원의 메시지를 담은 메모와 선물을 건넬 때, 세상에서 가장 많은 이들에게 대가 없는 러브레터를 안기는 이들이, 바로 우리, 교사들일 거예요.

정예진 다정함을 잃지 않기 위해, 오늘도

조건 없이 사랑을 내어주었지만, 때로는 그 마음을 몰라주는 아이들의 무심한 말 한마디에, 혹은 교사의 애씀을 당연시하는 학부모의 언행에, 깊은 상처를 받고는 합니다. 기대했던 것은 대가가 아니라 '따뜻한 공감' 하나였는데, 초창기 100%를 쏟았던 열정은 책임만 남긴 무거운 짐과 함께 깊은 상흔으로 남습니다.

힘들었던 만큼 이제는 알게 됩니다. 뜨거운 응원 속에 기꺼이 다시 뛰어들더라도, 과거처럼 나를 완전히 태워 없애는 헌신만이 정답은 아니라는 것을요.

경력이 쌓이며 비로소 담임으로서의 역할을 조금 덜어내고, 자신을 돌보는 일에 집중하는 법을 배우게 됩니다. 그럼에도 아이들을 향한 변함없는 사랑과, 자기 자신을 지키고 싶은 현실적인 고민 사이에서 마음의 완급을 조절하는 일은 여전히 어렵습니다.

몇 번의 쓰러짐과 일어섬을 지나며, 담임 교사들은 무조건적인 헌신보다 '지혜로운 다정함'을 배워갑니다. 아이들에게 모든 것을 쏟아내기보다, 조금의 여백을 남겨 두는 교사로 서는 법을요. 그 여백이 있어야 다음 날 교실 문을 열 수 있는 힘이 생기니까요.

이제는 깨닫습니다. 담임이란 여전히 아름다운 꽃이지만, 그 꽃을 오래 피우기 위해서는 적당한 거리를 두고 헌신하는 지혜가 필요하다는 것을요. 또한 그 자리가 성숙한 여정을 묵묵히 걸어가는 고된 축복이라는 것을요.

이 모든 무게를 감당하며 오늘도 교단에 선 선생님의 마음은 평안하신가요?

뜨거운 열정과 차가운 이성 사이에서, 헌신과 돌봄 사이에서, 하루하루 완급을 조절하며 나아가는 일. 그것이야말로 담임 교사가 마주한 현실일지도 모르겠습니다.

그럼에도 불구하고, 상처받은 기억 위로 다시 용기를 내어 사랑을 품는 선생님의 단단한 마음을 믿습니다.

오늘도 선생님의 그 마음을 조용히, 진심으로 응원합니다.

정예진 다정함을 잃지 않기 위해, 오늘도

오래도록 기억나는
따뜻한 마음

　특별히 더 소중한 두 학부모님과의 만남이 있습니다. 세 번째 학교
에 근무할 때였어요.

　반에서 가장 거칠었던 남학생이 화를 다스리지 못해 학급에서 의자
를 던지는 일이 벌어졌어요. 놀란 아이들을 진정시킨 저는, 방과 후 싫
다는 남학생을 붙들고 상담했어요.
　아이는 처음에 입을 굳게 닫고 있었지만, 자신을 위해 애쓰는 제 마
음을 조금씩 알아주더니 속마음을 나누기 시작했어요. 마음속에는 자
신을 문제아로 낙인찍는 어른들에 대한 분노와 자신에게 무관심하며
화만 내는 부모님에 대한 원망이 가득했어요.

　며칠 뒤 어머님께 전화를 걸어 의자를 던진 일과 상담한 이야기를 나
누었어요. 상담 말미에 조심스레 조언을 건넸습니다.

　"어머님, ○○이가 부모님의 관심과 함께하는 시간이 필요해 보여

요. 작은 일에도 칭찬해 주시고, 잔소리보다는 지지와 격려가 필요할 것 같습니다. 혹시 세 식구가 함께 따뜻한 외식 시간을 가져보는 건 어떨까요? 많이 들어주시고 공감해 주시면 부모님이 ○○이를 많이 아끼고 사랑하고 있음을 느낄 수 있을 거예요."

그로부터 며칠 뒤 방과 후에 어머님께서 학교로 찾아오셨어요.

"선생님, 덕분에 ○○이와 저희 부부가 몇 해 만에 외식하며 이야기를 나눠보았어요. 아이가 한결 마음이 나아진 것 같아요. 지금껏 문제아로만 인식되어 학교 전화를 받다가 이런 조언을 받을 수 있어서 정말 많은 도움이 되었습니다."

진심을 담은 감사의 말씀이었어요. 곧 학부모님은 제게 병 하나를 건네주셨어요.

"선생님 제가 따로 드릴 것은 없고, 이거 중국산 아니고, 직접 짠 참기름인데 선생님께 드리고 싶어서 가지고 왔어요."

세상에 이렇게 고소하고 진한 마음의 향이 있을까요? 마트에서 쉽게 살 수 있는 참기름이었지만, 학생의 마음에 찾아온 회복과 학부모님의 깊은 감사가 깃든 병 하나를 받아 들고 오래도록 따뜻한 위로로 마음을 가득 채울 수 있었어요.

정예진 다정함을 잃지 않기 위해, 오늘도

기억나는 또 다른 학부모님은 과학고를 준비하던 남학생의 어머님이었어요. 늦은 나이에 낳은 외동아들을 둔 분으로, 당시 환갑이 넘은 나이셨죠. 그분께서는 급식 모니터링이나 시험 감독 등에 참여하며 묵묵히 학교 일에 많은 도움을 주셨어요. 학부모님의 참여가 부족했던 지역의 학교였기에, 한결같이 봉사해 주신 그 따뜻한 마음 덕분에 교사들 사이에서도 좋은 성품으로 늘 회자되었어요.

그분의 아들, 학급 회장이었던 학생이 입시를 준비할 때였어요. 점심시간과 방과 후는 물론 주말까지 이용해 자기소개서 작성 및 면접 준비를 함께했어요. 그러나 노력이 무색하게 최종 관문에서 불합격하고 말았고, 진심으로 아쉬워하며 위로하는 저에게 어머님은 깊이 감사하셨죠.

어느 날 그분께서 초과근무를 하고 있던 제게 전화로 퇴근 전인지 물어오셨어요. 여섯 시가 넘은 시간에 학교로 오시겠다고 말씀하셔서 의아했지만 만나 뵙기로 했어요. 잠시 뒤 어머님은 교무실로 조심스럽게 발을 내디디시면서 저에게 주고 싶은 것이 있다고 하셨어요. 제법 큰 스티로폼 상자를 건네주셨는데, 아직도 그때를 잊을 수가 없어요. 십이월의 겨울, 어머님이 가져오신 상자에는 김장김치가 담겨 있었어요. 손이 부끄러우신 듯 저에게 건네며 이렇게 말씀하셨죠.

"선생님, 친정어머니가 아픈 아버님 간호하시면서 일도 하신다고 들었던 것 같은데, 김치 담글 시간이 있을까 해서요. 제가 김장하면서 선생님께 드리고 싶어서 가지고 왔어요."

요즘처럼 선물을 주고받는 것이 조심스러운 시대에는 받기 어려운 마음인지도 모르겠어요.

하지만 그날의 저는 야근을 마치고 택시에 큰 스티로폼 박스를 힘겹게 실어 나르면서 마음이 너무 따뜻하고 울컥했어요. 거절할 수 없는 어머님의 진심이 마치 친정엄마의 마음 같았거든요. 택시 안으로 스며드는 김치 냄새가 향기로울 정도였죠.

진심을 다해 지도했던 저에게 감사를 전한 두 학부모님의 마음은 큰 힘이자 행복이 되었어요. 담임으로서 버겁고 지칠 때면, 그 따뜻했던 순간의 기억들을 떠올려요. 학생들과의 소중한 추억, 그리고 마음을 다해 함께였던 학부모님들의 얼굴을 하나씩 그려보며 복잡한 머리를 비우고 가슴을 채워요. 그렇게 스스로를 다독이는 것이, 제 나름의 지친 마음을 돌보는 법이에요.

요즘은 학부모와의 관계에서 어려움을 넘어 고통을 호소하는 교사들이 많아요. 무례한 민원과 오해 속에서 상처받고, 어쩔 수 없이 관계를 사무적으로만 유지해야 했던 순간들의 마음을 충분히 공감해요.

그럼에도 불구하고, 여전히 믿어요. 참기름 한 병, 김치 한 통에 담긴 진심처럼, 교사와 학부모 사이에는 여전히 따뜻함이 존재한다는 것을요.

각기 다른 사랑의 모양을 가진 학부모와 우리가 서로를 향해 다시 마음을 열고 손을 내밀 때, 무너졌던 관계가 그 온기를 통해 다시 회복되

213

리라 믿어요.

결국 교사와 학부모는 같은 아이를 위해 함께 걷는 '원팀'이니까요.

오늘도 쉽지 않은 길 위에서, 우리는 스스로를 조금씩 태워 가며 마음을 건네고 있어요.

선생님께서는 이 길 위에서 지친 마음을 일으켜 세워줄, 잊지 못할 따스한 마음의 선물을 받은 기억이 있으신가요?

관계 속에서 상처받고 오해로 지쳤더라도, 다시 다정함을 선택하고자 애쓰는 선생님께, 마음 깊이 응원의 마음을 보냅니다.

선생님의 진심이, 누군가의 하루를 여전히 환하게 비추고 있음을 믿습니다.

동료 사이, 적정 온도를 찾아서

교직의 고단함을 인내하게 만드는 가장 큰 힘은 단연 '동료애'일 거
예요.
저는 사람 사이의 관계를 무엇보다 중요하게 여깁니다. 함께 일하는
동료와 마음이 맞으면, 힘에 부치는 일도 버틸 수 있는 사람이죠.

그래서 저에게 학교생활에서 가장 괴로운 일은 관계가 어긋날 때입
니다.
함께하는 동료가 저를 싫어하거나 지지해 주지 않는다는 느낌이 들
때, 억울함이나 서운한 마음이 슬며시 고개를 들어요.
담임이나 행정 업무에 쏟는 저의 노력을 누군가 쓸데없는 열정으로
깎아내린다고 느낀 적도 있었어요.

'본인은 그렇게 하지 않으면서 왜 나를 못마땅해할까.'

때로는 그 사람을 비난하고 싶은 충동이 일기도 했어요. 뒤에서 제

정예진 다정함을 잃지 않기 위해, 오늘도

이야기를 하는 것 같은 느낌이 들면, '그냥 내가 싫은 거구나.'라고 생각하며 곧바로 '그러면 나도 싫어하면 되지.'라고 마음먹었어요.

실제로는 관계가 틀어지는 것이 불안하고 속상했지만, 저를 깎아내리는 상대를 열정도 없이 비난만 하는 사람이라고 생각했어요. 동료와의 미묘한 관계 속에서 마음이 곪아가는 순간에도, 애써 웃음을 지었던 속마음을 이제서야 고백해 봅니다.

그런데 어느 날 문득, 생각이 달라졌어요. 다른 시선으로 저를 바라보게 되었죠. '혹시 나의 열정이 누군가를 피곤하게 만들고 있는 것은 아닐까?'

'굳이 하지 않아도 될 일을 만들어, 동료의 짐을 더하고 있는 건 아닐까?'

그 질문 앞에서 마음이 자유함을 잃고 잠시 멈춰 섰어요.

열정과 헌신이라는 이름 앞에, 저의 행동이 순수하게 학생만을 위한 것이었는지, 아니면 일을 잘하고 있음을 드러내려는 '저의 욕심'이 반영된 것이었는지 자문해 보았어요. 목표에 매진하느라 함께하는 사람들의 입장이나 상황을 헤아리는 데 미흡함은 없었는지 시선을 돌려보았죠.

늘 최선을 다하고 나 자신보다 타인을 더 많이 배려하며, 가끔은 싫은 내색도 못 하는 '쫄보'처럼 살아왔다고 생각했는데, 그 또한 타인의 시선을 신경 쓴 교만이었다는 생각이 들었어요. 관계의 어긋남 속에는 상대만의 잘못이 있는 것이 아니라, 제가 만든 미세한 틈도 있었다는 것을 시간이 지나서야 비로소 깨닫고 인정하게 되었습니다.

교직에 들어선 지 스무 해가 훌쩍 지나 사십 대의 중견 교사가 된 지금, '관계'를 대하는 태도를 바꾸려고 노력하는 중이에요.

나의 최선이 언제나 효율적이지 않다는 것, 나의 열정이 누군가에게는 어려운 마음이나 부담이 될 수 있다는 것을 이제는 마음으로 염두에 두고 있어요.

동료의 일하는 속도와 방식이 나와 다를 수 있음을 받아들이고, 다름을 틀림으로 보지 않으려고 노력해요. 서운함 대신 시선을 돌려 저를 점검하고 오해 대신 이해를 선택하는 성숙을 연습합니다.

동시에, 저를 인정해 주지 않거나 불편해하는 시선과도 이제는 다정히 마주할 수 있는 사람이 되려고 노력해요. 모두에게 사랑받고 존중받을 수 없다는 걸 인정하고, 때로는 저의 마음을 먼저 지키려 해요. '쫄보'의 껍질을 벗고, 단단한 '나'로 서 보려고 합니다.

좋은 동료관계는 서로의 부족함을 채워주고, 진심으로 응원하며 존중할 때 이루어진다고 믿어요. 이해와 배려 위에 피어나는 신뢰야말로 교사들이 지켜야 할 가장 따뜻한 울타리가 아닐까 생각해 봅니다. 우리는 교단에서 매일 뜨거운 헌신과 차가운 현실 사이를 오갑니다. 때로는 뜨거운 열정이 번아웃의 그림자로, 오롯한 진심이 오해의 칼날로

정예진 다정함을 잃지 않기 위해, 오늘도

돌아오기도 하죠.

함께 힘을 모아야 할 동료관계 속에서도 우리의 '열심'이 누군가에게 부담이 되거나, 오직 나만을 위한 욕심으로 변질되지 않았는지 스스로 돌아봐야 하는 고단함도 있어요.

나의 지나침은 '비우고', 상대를 향한 존중과 이해를 '채우며', 감정 소모 대신 동료관계에서도 지속 가능한 신뢰와 따뜻한 동행을 위한 '완급 조절'의 지혜를 실천하는 것.

쉽지 않은 이 성숙의 과정 끝에서 우리 모두 단단하고 다정한 교사로서 있기를 바랍니다.

선생님은 오늘 어떤 동료와 마음을 나누고 계신가요?

선생님이 근무하시는 학교가, 선생님의 마음이, 다정하고 사려 깊은 동료애로 한층 더 포근해지길 바랍니다.

느린 걸음이라도, 나아가기

세 번째 학교로 옮겨간 첫해에 있었던 일이에요. 동 교과 선생님 두 분 중 한 분은 곧 환갑인 선배 교사로 생활지도부 부장님이셨어요. 어느 날 학생 관련 일로 찾아뵙게 되었을 때 저는 충격을 받고 말았어요. 부장님께서 소위 '독수리 타법'으로 시험 문제 문서를 작업하고 계셨던 거예요. 집게손가락 두 개로 꾹꾹 자판을 누르는 그 모습에서, 저는 시대의 흐름을 놓친 원로 교사의 노력을 보았습니다.

십이 년 전, 정년을 앞둔 분에게 저는 과연 너그러울 수 있었을까요? 그 질문 끝에 문득, 조용한 결심이 피어났어요.

'나는 훗날 후배 교사에게 저런 모습으로 보이지는 말아야겠다.'

변화의 방향을 놓치지 않으려고 애쓰다

몇 해 전, 코로나로 온라인 수업이 시작된 때를 기억하시나요. 저는 소규모 학교에서 근무했기에 다른 학교보다 대면 수업을 많이 할 수

정예진 다정함을 잃지 않기 위해, 오늘도

있었지만, 코로나의 위세가 강해지자, 근무하는 학교에서도 서둘러 온라인 플랫폼을 선정하기 시작했어요. 처음 시작하는 온라인 수업에 많은 선생님이 긴장했고, 가중된 업무에 부담을 느끼며 여러 번의 시행착오를 겪어야 했죠.

저 역시 갑작스러운 학교 현장의 변화에서 피로감을 먼저 느꼈어요. 발 빠르게 에듀테크 도구들을 활용해 혼합 수업을 능숙하게 감당하기에는 모든 게 서툴렀고, 그저 대면 수업을 하고 싶은 마음이 간절했어요.
부담감과 두려움을 갖고 다른 선생님들의 속도에 맞춰가며 너무 튀지 않게, 그러나 조금씩 변화를 위한 연구와 고민을 기울였어요. 거꾸로 수업 경험을 살려 직접 PPT나 당시 인기 있던 교육용 앱들을 설치해 수업 영상을 찍고 편집해 올리기도 했죠. 때때로 여러 번 활용할 수 있는 영상 활용 수업이 오히려 대면 수업보다 편하단 생각을 하기도 했어요. 그러나 코로나가 장기화가 되자 모두 온라인으로 실시간 수업을 해야 하는 상황이 오고 말았습니다.

오십 대 후반의 선생님들께서는 한두 번의 연수로 온라인 클래스에 수업을 업로드하고 교과 및 학급을 관리하는 것에 큰 부담을 느끼셨어요. 실시간 수업 중에 다양한 에듀테크 도구를 사용할 엄두를 내지 못하셨죠. 저는 당시 인문 사회부장을 하고 있었는데, 몇몇 선배 선생님께서 인터폰으로 연락하시거나 직접 찾아오셔서 영상 제작이나 각종 도구 사용에 관해 물어보시고는 했어요. 비교적 몇몇 도구에 익숙했던 저는 여러 번 물어보실 때마다 친절히 알려드렸어요. 보람을 느끼고 으쓱한 기분이 들기도 했지만, 사실 누구보다 저의 능력치를 알고 있었어요. 저보다 더 능숙하게 여러 도구를 다룰 수 있는 역량을 가진 선생님들이 교내외에 정말 많다는 것을요.

한편으로는 빠르게 변화하는 교육 현장의 분위기에 불안감과 두려움을 느꼈습니다. 패들렛, 멘티미터, 카훗 등 낯선 도구들을 익히며 필사적인 마음으로 이 위기감을 극복해 보려고 애썼어요.

어느덧 코로나를 극복하고 일상이 회복되어, 이제는 많은 선생님이 생성형 AI를 비롯하여 에듀테크 도구들을 이용해 다양한 수업을 하고 있어요. 사십 대의 중견 교사인 저는 지금, 뒤늦은 출산으로 2년의 육아휴직을 마치고 난생처음 워킹맘으로 지내고 있어요.

하루하루 좌충우돌하며 일과 육아를 병행하는 일은 너무도 힘들어요. 물리적인 시간이 부족하고 체력의 한계로 무엇을 배우고 익힐 시간도, 마음의 여유도 부족해요. 달라진 학교 환경에 적응하는 일도 여전히 쉽지 않아요.

예전에 독수리 타법으로 시험 문제를 출제하던 선배 교사를 보고 충격을 받았던 제가, 이제는 다른 누군가에게 충격을 안기는 존재가 되지 않을까 걱정돼요. 이제는 빠르게 변화하는 교육 현장에 맞춰가느라 고군분투하는 기성세대의 마음을 충분히 이해해요.

그리고 알아요. 시대의 속도보다 중요한 것은 변화의 방향을 놓치지

정예진 다정함을 잃지 않기 위해, 오늘도

않으려는 '의지'라는 것을요.

　어느 순간, 저는 교사로서 가진 매력과 무기가 무엇일까 자문하며 고민하기 시작했어요. 삼십 대 초반까지 저의 무기는 단연 '젊음'이었죠. 그때는 젊음이 학생들을 수업에 이끌 수 있는 무기가 된다는 사실을 미처 알지 못했어요.
　서른의 문턱을 넘어선 뒤, 더 이상 젊음이 무기가 될 수 없다는 냉정한 현실을 마주했어요. 그사이 더 젊고 역량이 뛰어난 멋진 후배 선생님들이 학교에 많아졌거든요. 학생들도 어느새 저를 '누나나 언니, 친구 같은 선생님'보다는 '엄마 같은 선생님'으로 보기 시작했어요.

　'나는 이제 어떤 무기로 나의 경쟁력을 만들어야 할까?'라는 고민 끝에, 앞으로의 무기는 오직 '교과 전문성을 가진 수업 능력'뿐이라는 결론에 이르렀어요.

　'그래, 수업을 잘하는 교사가 되자.'

　그렇게 결심하자, 이전보다 성장에 대한 목마름이 더욱 간절해졌어요. 수업과 관련된 책을 여러 권 읽고, 다양한 직무 연수도 듣습니다. 발빠르게 앞서나가는 선생님들의 수업 사례도 배우며 전문성을 키워요.
　생성형 AI와 에듀테크가 비중을 차지하는 교육 현장에서 사십 대 중반의 저는 다시 초심으로 돌아가, 배우려는 마음으로 한 걸음씩 걸어가고 있어요.

휴직 기간에 변해버린 교육 현장이 낯설고 두렵습니다.

이제 막 어린 아기를 양육하는 워킹맘이 얼마나 많은 시행착오를 겪으며 성장의 기회를 도모할 수 있을지 설레기도 하지만 걱정도 됩니다.

하지만 빠르지 않아도 괜찮아요. 지금 제 속도를 잃지 않는다면, 그 길은 여전히 성장의 길이니까요. 급변하는 교육 현장의 흐름 속에서, 역량 있는 동료 선생님들께 배우며, 느리더라도 나름의 속도로 성장의 길에 서고 싶어요.

저는 여전히 목이 마르거든요.

선생님은 오늘, 어떤 새로운 발걸음을 준비하고 계신가요?

내리막길처럼 느껴지는 순간에도 다시 배움으로 한 걸음씩 나아가는 열정과 용기를 부디 잃지 않으시길 응원합니다.

선생님과 오래도록, 이 길 위에서 함께 나아가고 싶습니다.

정예진 다정함을 잃지 않기 위해, 오늘도

흔들려도 교사로 산다는 것

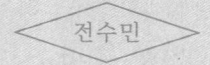

전수민

'그래서 교사가 희망입니다'

소망합니다.
오늘도 무거운 발걸음을 떼는 대한민국의 교사들이
이 글귀를 읽으며 가슴이 다시 뜨거워지기를,
흔들리더라도 끝내 희망을 품고,
이곳 우리 아이들 곁에 계속 서 있기를.

교사의 길 위에서, 다시

긴 학창 시절을 보내고도 선생님들은 다시 학교로 돌아왔습니다. 존경하는 선생님의 영향으로 '은사님 같은 교사가 되어야지'라는 마음을 품고 첫발을 내디딘 분도 계실 거예요. 그런데 학생 대부분이 탈출하고 싶어 하는 곳으로 선생님이 되어 돌아온 이유가 무엇일까요? 아마도 자신을 통해 학생들이 위로받고, 성장하며, 삶을 향해 한 걸음 더 나아가기를 바라기 때문일 거예요. 또한, 가르치며 배우는 순환 속에서 소중한 의미를 찾기 위해서이기도 하겠지요. 이렇게 '천직'이라는 소명 의식과 사명감으로 교단에 선 선생님들이 참 많습니다.

하지만 저의 시작은 달랐습니다. 제 꿈은 화가였거든요. 교직을 이수해 받은 교원자격증은 미술 학원을 차리게 된다면 벽에 붙여둘 장식품에 지나지 않았습니다. 선생님이 되기보다 그림이 그리고 싶었어요. 하지만 인생은 늘 그렇듯 계획한 대로, 원하는 대로 흘러가지 않았습니다. 그림을 그리려면 돈이 필요했고, 여러 사정을 고려하다가 선택한 직업이 미술 교사였습니다.

전수민 흔들려도 교사로 산다는 것

교사가 되고 보니 소명 의식이 저절로 생기더군요. 처음부터 꿈이 교사였던 것처럼 말이죠. 학생과 교감하는 수업 시간이 즐거웠습니다. 학생의 순수한 작품 세계를 만나는 것만으로도 마음이 치유되었습니다. 지도 방향에 따라 완성품이 달라지는 모습을 보며 보람도 느꼈습니다. 저는 유능하고 괜찮은 교사가 되고 싶어졌습니다. 전국 및 지역 교과 모임에 참여하며 열정적으로 수업 준비를 했습니다. 단합 대회, 학급 신문, 문집 제작, 노트를 통한 상담 등 해보고 싶은 학급 활동들도 마음껏 펼쳐보았습니다. 그 과정에서 실패의 쓰라림과 성공의 달콤함을 맛보며 교사로서 성장하고 있음을 체감했지요.

결혼 후 두 아이를 키우며 에너지가 점점 고갈되기 시작했습니다. 육아와 학교생활에 지쳐있던 어느 날, 정영욱의 『참 애썼다 그것으로 되었다』가 눈에 들어왔습니다. 책 제목만 읽었을 뿐인데도 이미 위로가 되더라고요. '그것으로 되었다잖아. 뭐가 더 필요해? 난 최선을 다했는데….'라는 생각이 일었습니다. 고군분투하는 삶을 살아내고 있는 그 자체가 잘살고 있는 거라며 포근하게 안아주는 느낌이 들었습니다.

마음과 몸의 근력이 바닥을 쳤을 때, 힘든 일을 겪고 있을 때, 누군가 다가와 따뜻한 말 한마디를 건네주면 그것으로 충분할 때가 있습니다. 하지만 교직 사회는 칭찬보다는 비난, 필요치 않은 조언이 더 많습니다. 사람은 누구에게나 장단점이 있잖아요. 단점을 부각하기보다 장점을 키워나가는 것이 훨씬 더 중요하다고 생각합니다. 그래서 저는 다른 사람의 장점을 찾아내어 말해주는 것을 좋아합니다. 자신에 대한 긍정적인 평가를 듣는 것만으로도 우리는 앞으로 나아갈 힘과 용기를 얻으니까요.

　교사라는 직업은 차선책이었지만 이제는 제 삶의 또 다른 이름이 되었습니다. 선생님들도 각자의 꿈과 목표를 찾아 학교로 다시 돌아왔겠지요. 인생의 많은 시간을 학교에 머물며 희로애락을 경험하고 계실 겁니다. 보람을 느끼는 순간도 있지만, 마음이 다치는 날도 많으실 거예요.

　이제 다친 마음을 치유했던 제 이야기를 나누며, 작게나마 긍정의 에너지를 전하고자 합니다. 제 경험이 조금이나마 위로가 되기를 바라는 마음으로 글을 열어 봅니다. 부디 이 글이 선생님들의 마음에 잠시라도 쉼이 되었으면 합니다.

학생은 공사 중이 아닌 '성장 중'

9년 차에 중1 담임을 맡았습니다. 그해 우리 반의 상황은 참 좋지 않았지요. 전교에서 따돌림을 당하는 학생이 있었고, 이기적이고 튀는 행동으로 학급 분위기를 망치는 강한 성격의 여학생이 있었어요. 그로 인해 조용하고 착한 여학생들이 학교에 다니기 매우 힘들어하는 상황이 지속되었지요. 이 상황을 어떻게 해결해야 할지 고민하다가, 미술실에 여학생들만 불러 회복적 생활교육을 시도했습니다. 하지만 이런 해결 과정이 문제를 키우고 말았습니다. 저는 전문가가 아니었고, 이론적으로 접한 상담 활동을 연습 없이 날것 그대로 진행하다 보니 매우 미숙했던 거죠. 며칠 뒤 한 학생에게서 문자가 왔습니다.

'학교를 간신히 다니고 있었는데, 선생님 때문에 더 힘들어졌어요. 이제 학교 가기 싫어요.'

순간 모든 게 무너져 내렸습니다. 저로 인해 학교에 오기 싫다는 문자는 비수처럼 가슴에 꽂혔습니다. 눈에서는 눈물이, 마음에는 피가 흐르는 듯 쓰라렸습니다. '선생님 때문에'라는 말만 머릿속에 계속 맴돌았습니다.

어설픈 상담을 후회한 것은 어느 정도 감정을 추스르고 난 뒤였지요. 주말이 지나 학생을 불러 대화를 나눴습니다. 미술실에서의 만남 이후로 어려움을 겪고 있다는 사실이 맞았습니다. 직접 이야기를 들으니, 문자만으로는 알 수 없었던 복잡한 감정이 전해졌습니다. 하지만, 이 친구도 며칠이 지나 감정이 가라앉았는지 죄송하다고 하더군요. 그런데 이상하게도 죄송하다는 그 말이 오히려 더 아프고 괴로웠습니다. 차라리 원강받을 때가 더 나았던 것 같아요.

의도가 좋았다고 해서 결과까지 늘 좋은 것은 아니라는 교훈을 얻게 되었습니다. 문제의 여학생이 전학을 가면서 학급 문제는 일단락되었지만, 의욕만 앞선다고 모든 문제가 해결되지 않는다는 사실을 그제야 깨달았습니다. 그리고 이런 섬세한 문제일수록 전문 상담가의 도움을 받는 편이 훨씬 안전하다는 것도요.

사춘기 청소년의 뇌는 흔히 '공사 중'이라는 말이 있지요. 미성숙함으로 인해 말을 거르지 않고 쉽게 내뱉습니다. 어른도 미숙한 행동을 할 때가 있으니, 어린 친구들의 철없는 행동은 어쩌면 당연한 일인지도 모릅니다. 함부로 한 말에 상처받지 않는 것은 아니지만, 그럼에도 우리는 교사이기에 먼저 이해하는 마음을 가지는 것이 중요한 것 같아요. 특히 학생이 교실에서 거친 행동을 한 경우, 많은 아이 앞에서 무시당한 것 같아 참기 어려울 때가 있습니다. 하지만 교실 안에서 싸우지는 마세요. 서로에게 전혀 도움이 되지 않으니까요. 감정이 요동치 겠지만 잠시 호흡을 고를 필요가 있습니다.

　교사가 된 지 얼마 안 되었을 때의 일입니다. 수업 태도를 지적하자 한 남학생이 큰 소리로 저를 비난한 적이 있었습니다. 너무 당황한 나 머지 교실을 뛰쳐나오고 말았어요. 감정을 조절하지 못하고 복도 창문 에 서서 눈물을 찔끔 흘렸답니다. 충동적으로 나오긴 했지만, 다시 교 실로 들어가는 일은 왜 그렇게 어렵던지요. 지금 생각해 보면 어리숙 했던 초보 교사의 모습이 떠올라 웃음이 나오지만, 그 당시에는 정말 혼란스러웠어요.

　시간이 흘러 경력과 내공이 어느 정도 쌓인 뒤로는 이런 일이 발생 했을 때 회피하거나 교실에서 바로 그 상황을 해결하려 하지 않았습니 다. 친구들이 모두 보는 앞에서 혼나는 경험은 학생에게 트라우마로 남는 경우가 많더라고요. 게다가 감정이 가라앉지 않은 상태에서 말하 다 보면 서로에게 상처 주는 말을 하기 쉽지요. 쉬는 시간 학생을 따로 불러 이야기를 나눠보면 교실 안에서 대립하는 것보다 훨씬 자연스럽 게 문제를 해결할 수 있었습니다. "선생님 죄송합니다."라는 말 한마디 에 화가 스르르 풀리는 경험, 누구나 있으실 거예요. 이런 의미에서 사 춘기 학생의 뇌는 공사 중이 아니라 '성장 중'입니다. 성장통을 겪고 있 는 아이들을 잘 보듬어 주는 것 역시 교사의 몫이겠지요.

　상처를 주는 것도 학생이지만, 상처를 아물게 하는 것도 결국 학생 이었습니다.

성찰의 시간

　고3 담임을 할 때의 일입니다. 아이들과 상담하다 보면 자기 성적보다 훨씬 높은 대학을 희망하는 학생들이 늘 있지요. 그럴 때 "눈이 너무 높은 것 아니니?"라는 표현을 쓰곤 했습니다. 저 자신도 눈이 너무 높아 대입에 실패한 경험이 있었기에 대수롭지 않게 사용했던 말이었습니다. 문제의식을 느끼지 못했지요. 전년도 입시 결과와 비교해 성적이 낮다는 정도의 뉘앙스로 생각했습니다.

　문제는 이 말을 학부모님과 전화 상담 중에 무심코 써버린 것이었습니다. 그날 저녁, 지호 어머니로부터 장문의 문자가 도착했습니다. 문자의 요지는 이랬습니다. 생각할수록 기분이 나쁘고, 아이를 무시하는 말처럼 들린다는 점, 유독 자기 아이만 눈이 높다고 한 것 같아 그냥 넘어갈 수 없다는 이야기였습니다. 어머니는 이어서 이렇게 덧붙이셨습니다. 정말 깔보는 의미로 한 말인지 알고 싶고, 만약 그렇다면 사과하기 바란다는 것이었습니다. 그렇지 않다면 그런 의도가 없었다고 답해달라는 내용이었지요.

'쿵' 마음속에 거대한 돌덩이가 떨어지는 소리가 들렸습니다. 저는 바로 단어 선택에 신중하지 못했음을 인정하고 죄송한 마음을 전했습니다. 학생에게도 사과하겠다는 답도 함께 보냈습니다. 그런데 어머니의 반응은 예상과 다르게 흘러갔습니다. 제 문자를 받고 '깔본 것이 확실하다'라는 결론을 내려버리신 겁니다. '지호를 그렇게 못난 아이라고 생각하는 이유가 무엇인지, 왜 우습게 보는지, 유순하고 말수가 적어 그런 건지…' 등 질문을 가장한 날 선 말들이 연달아 쏟아졌습니다. 화살처럼 날아와 몸 곳곳에 박히는 느낌이 들었습니다. 심장이 요동쳤습니다. 어머니의 흥분은 가라앉지 않았고, 내일 직접 학교에 찾아와 매듭짓는 게 좋겠다는 문자를 보내셨습니다. 그날 밤은 좀처럼 잠을 이룰 수 없었습니다.

다음 날, 떨리는 마음으로 어머니를 만났습니다. 우선 충분히 하고 싶은 말씀을 하실 수 있도록 시간을 드렸습니다. 그 후 제 의도는 그런 뜻이 아니었음을 설명하고, 상처가 되는 표현을 사용한 것에 대해 거듭 사과드렸습니다. 기나긴 대화가 이어졌습니다. 경청과 공감, 진심 어린 사과에 마음이 풀리셨는지 어머니는 수시 원서 접수 과정에서 아들과 갈등이 있었음을 털어놓으셨습니다. 이야기를 들어보니 어머니는 자녀의 학교생활을 거의 모르고 계시더라고요. 지호의 모범적인 생활 태도와 입시에 관련된 여러 정보를 알려드리자, 한결 마음이 편안해지셨는지 밝은 표정으로 상담실을 나가셨습니다. 오늘 일은 지호에게 말하지 말아 달라는 부탁도 남기시며 말이지요.

232

이런 경우 참으로 난감합니다. 하지만 속상함을 잠시 내려두고 자신의 말투와 언어 습관을 되돌아볼 필요도 있습니다. 저도 물론 이 상황이 매우 불편하고 힘들었어요. 자존심이 상하기도 했지만 돌이켜 보면, 지호 어머니와의 상담은 큰 가르침을 얻는 수업이 되었습니다. 무심코 뱉은 단어 하나가 누군가에게는 상처가 될 수 있다는 사실을, 교사의 의도와는 상관없이 전혀 다르게 받아들여질 수 있음을 절실히 느꼈으니까요. 또한, 제 언어의 무게감에 대해 생각해 보게 되었습니다. 작은 표현 하나도 학생과 학부모님의 마음을 흔들 수 있다는 것을 깨달았지요. 그날 이후 저는 학생에게 상처가 될 만한 말이 있는지 자기 검열을 하며 조심스럽게 말하게 되었습니다.

그때의 경험은 마음 깊은 곳까지 흔들어 놓았지만, 동시에 저를 단단하게 만들었습니다. '교사니까 할 수 있는 말'이 아니라, '교사이기에 더 신중해야 하는 말'이 있다는 것을 배웠습니다. 만약 그 일이 없었다면 여전히 정제되지 않은 언어를 쓰며, 학생들의 마음을 미처 살피지 못한 채 지나쳤을지도 모릅니다. 성찰은 불편했지만, 그 불편함이 저를 어른으로 만들어 주었습니다.

전수민 흔들려도 교사로 산다는 것

비교 대신 나답게

    저는 욕심 많은 성격을 타고났습니다. 여러 가지가 많지만, 특히 제 역할을 잘 해내고 싶은 욕심이 가장 큽니다. 교사가 되고 나서는 누구보다 좋은 담임 선생님이 되고 싶었고, 제가 맡은 학급을 전교에서 최고의 반으로 만들고 싶었습니다. 우리 반은 공부도 잘해야 했고, 체육대회에서도 좋은 성적을 거두어야 했습니다. 학급경영 관련 책을 사서 탐독하며 재미있고 알찬 일년살이를 계획하고 실천했습니다. 뭐든 시도하고 노력하기를 게을리하지 않았지요. 하지만 이건 결혼 전까지만 가능했습니다.

    결혼 후 두 아이를 낳고 키우다 보니 저에게는 엄마, 아내, 며느리, 동서 등의 역할이 더해졌습니다. 늘어난 역할에 비해 가지고 있는 에너지의 총량은 똑같았기에 저절로 분산되었습니다. 당연히 우리 반 아이들에게 결혼 전처럼 관심과 애정을 쏟을 수 없었지요. 예전처럼 할 수 없음에 속이 많이 상했습니다. 욕심은 줄지 않고 그대로였으니까요.

    그런데 그 무렵 아주 강력한 옆 반 선생님을 만났습니다. 수업 아이디어가 뛰어나셨고, 다양한 자료와 노하우로 학급 운영을 멋지게 하셨지요. 아이들도 선생님을 무척 좋아했고, 화기애애한 그 반의 분위기는 독보적이었습니다. 그 옆에서 저는 저절로 초라해졌습니다. 도저히 그분의 에너지를 따라갈 수 없었거든요.

이런 훌륭한 학급경영은 때로 다른 교사들에게 스트레스로 다가옵니다. 주변 이들을 상대적으로 평가절하시키는 단점이 있기 때문이죠. 저는 가만히 제 할 일을 열심히 하고 있었을 뿐인데 그냥 별 볼 일 없는 담임교사가 되어있더라고요. 이건 저만의 문제는 아니었어요. 아이들이 특정 반을 부러워하게 되면서 자기 반에 대한 불만이 터져 나오기 시작했습니다. 학생들은 상황을 상대적으로 받아들일 수밖에 없으니 충분히 이해합니다. 속상하기는 했지만, 이런 생각도 들었어요. 누가 뭐라든 내가 내 제자들을 사랑하겠다는데 그걸 눈치까지 봐야 하냐는 거죠. 남의 눈치를 보느라 자기 뜻을 펼치지 못한다면 모든 반의 학급 운영이 다 하향평준화 될지도 모르니까요.

저는 육아에 지쳐 결혼 전만큼 열심히 일할 수는 없었지만, 학급을 대충 경영하는 것은 스스로 용납이 안 됐습니다. 할 수 있는 능력 안에서 최대한 할 수 있는 것을 실행해 보자고 마음먹었지요. 능력과 시간이 부족한 나를 받아들이고, 나만의 학급 운영을 하기로 하고 나니 마음이 한결 편안해졌습니다. 차츰 시간이 많이 들지 않으면서도 아이들에게 세심하게 다가갈 수 있는 나름의 비결도 생기기 시작했지요. 옆반 선생님 때문에 속상해하는 것은 불필요한 마음의 소모일 뿐입니다. 그분은 그분의 방식으로, 저는 저의 방식으로 학생을 사랑하는 마음을 실천하고 있으니까요.

   우리는 담임으로서, 교과교사로서 다른 선생님과 자신의 역량을 자주 비교합니다. 잘하고 싶은 욕심은 누구에게나 있습니다. 요즘은 옆반 선생님뿐만 아니라 전국적으로 능력이 뛰어난 분들을 온라인으로 쉽게 만날 수 있는 시대가 되었기에 비교 대상이 너무 많아졌지요. 점점 더 작아지는 자신을 마주하고 좌절감이 밀려올지도 모릅니다. 하지만, 활력이 넘치고 능력 있는 분들을 만났다고 해서 위축되지는 않으셨으면 좋겠어요. 사람은 타고난 능력이 다 다르니까요.

   그 뒤로 저는 마음을 이렇게 바꾸었어요. '뛰어난 선생님처럼 잘할 수는 없지만 나에게도 장점은 있다. 나만이 잘할 수 있는 영역을 찾아보자. 다른 사람이 아닌 어제의 나보다 조금씩 나아지는 삶을 살자.' 그렇게 마음을 정리하자 차츰 달라지는 저를 만나게 되었습니다. 다른 선생님과 비교하느라 잃었던 힘을, 제 안에서 다시 찾았습니다. 그제야 보이지 않던 작은 빛들이 스스로 빛나고 있음을 느꼈습니다. 아이들의 눈빛이 달라 보였고, 하루도 조금은 가벼워졌습니다. 비교로는 얻을 수 없었던 기쁨이, 제 자리에서 한 걸음씩 내디딜 때 찾아왔습니다.

   모든 불행은 비교에서 시작됩니다. 옆 반 선생님과 자신을 비교하지 말고, 그 노고를 함께 응원해 주세요. 그런 훌륭한 분들이 곁에 있기에, 저도 다시 용기를 냅니다. 우리 모두의 응원이 모일 때 학교와 교육은 조금씩 달라질 것이라 확신합니다.

2부 성장 멘탈 업데이트 중

흔들려도 괜찮아

지난겨울 우울증과 번아웃이 함께 찾아왔습니다. 전에도 가끔 증상이 나타나기는 했지만, 그해엔 유독 심했던 것 같아요. 집에 있는 시간에는 침대에 누워 꼼짝하지 않고 온라인 영상을 들여다보았지요. 아무 생각 없이 울다 웃기를 반복했습니다. 슬퍼서가 아니었기에 이유 없이 눈물이 줄줄 흘러내렸고, 즐거워서가 아니었기에 의미 없는 웃음이 나왔습니다. 모든 의욕을 잃은 채 집안일도 미뤄두고 시간만 나면 누웠습니다. 침대에 자주 누워있다는 것은 몸이 아프거나 마음이 고장 났다는 증거였지요. 저는 원래 집에서도 가만히 있는 성격이 아니거든요.

번아웃과 우울증이 함께 찾아온 이유는 자녀에 대한 실망, 의미를 찾을 수 없는 바쁜 하루, 그동안 쌓여있던 힘듦이 한꺼번에 찾아와 몸과 마음이 무너져 내렸기 때문이었습니다. 땅속으로 하염없이 꺼져 들어가는 듯했고, 재가 되어 사라져 버리는 것 같았습니다.

평소처럼 침대에 누워있던 어느 날, 갑자기 이렇게 있어서는 안 되겠다는 생각이 들었습니다. 그대로 있다가는 죽을 것 같았거든요. 옷

237

을 주섬주섬 입고 밖으로 나와 걷기 시작했습니다. 발걸음은 저절로 근처 호수공원으로 향하고 있었습니다. 나무와 하늘과 호수를 보며 무작정 걷다 보니 머리가 차가워지기 시작했습니다. 몸속에 있던 검은 불덩이가 빠져나와 호수 속으로 깊이 가라앉는 것처럼 느껴졌습니다.

집에 돌아오자마자 블로그를 열어 글을 쓰기 시작했습니다. '그냥 쓰자. 매일 쓰자. 뭐라도 하자.'가 저에게 내린 회복 처방이었습니다. 충동적으로 글을 쓰게 된 그날 이후 지금까지 매일 글 한 편을 쓰고 있습니다. 장문이 아니어도, 화려한 문장이 아니어도, 쓰는 것에 의미를 두었습니다. 수업, 일상, 가족 이야기 등을 써 내려가면서 내면을 들여다보기 시작했고, 스스로 치유되기 시작했습니다. 생각의 늪에 빠지는 것보다 생각을 글로 옮기는 일이 머릿속을 비우는 데 훨씬 효과적이더라고요. 글쓰기에 몰입하는 순간이 우울증을 낫게 하는 최고의 약이었습니다.

번아웃이 찾아왔다면 그건 여러분이 열심히 살아왔다는 증거라고 생각합니다. 이럴 때 가장 중요한 건 자기 자신을 다독이는 일입니다. 이 세상에서 가장 먼저 내 편이 되어야 하는 사람은 바로 나 자신이니까요. 스스로 애씀과 노력을 인정해 주는 것부터가 회복의 시작이라고 생각합니다. 저 역시 무너졌던 날들이 있었습니다. 그러나 돌아보면, 그 무너짐이 있었기에 다시 일어설 수 있었습니다. 힘겨웠던 날들은 저를 더 단단하게 만들었고, 지금도 흔들릴 때마다 그때를 떠올리며 버팁니다. 제가 붙잡은 건 글쓰기 습관이었습니다. 매일 글을 쓰며 자신에게 위로를 건넸습니다.

　요즘은 '토스트 아웃'이라는 말이 유행한다고 해요. 번아웃 직전의 상태를 토스트에 빗댄 표현인데 하루, 이틀 정도의 휴식만으로도 회복할 수 있다고 합니다. 어쩌면 우리는 자주 그 경계에 서 있는지도 모릅니다. 이 상태가 되면 빨리 인지하고 더 심각해지지 않도록 노력하는 것이 필요합니다. 하던 일을 잠시 멈추고, 가까운 자연으로 나가 햇볕을 쬐고 깨끗한 공기를 마시며 걸어보세요. 그리고 좋아하지만, 시간이 없어 미뤄두었던 일을 다시 시작해 보는 거예요. 저는 '글쓰기'를 선택했지만, 누군가에게는 운동일 수도, 친구와의 대화일 수도 있겠지요.

　완벽하지 않아도 괜찮습니다. 교사라는 이름으로 매일 아이들 앞에 서는 우리이기에 때로는 흔들리고 쓰러질 수도 있습니다. 그러나 그 시간을 견디며, 우리는 다시 일어서는 법을 배웁니다. 흔들려도 괜찮습니다. 그 흔들림이 우리를 조금씩 단단하게 만들고, 쓰러진 자리에서 다시 일어난 경험이 삶의 어느 순간 조용한 힘으로 돌아올 테니까요.

학교에 가기 싫은 날에도

"학교 가기 싫다." 한숨을 쉬며 딸이 말합니다.

부엌에서 아침을 준비하던 엄마가 뒤돌아보며 대꾸합니다.

"가야지. 네가 선생님인데."

반전 포인트로 웃음을 주는 음료 광고를 보신 적이 있으실 거예요. 대한민국의 교사라면 누구나 공감할 만한 이야기입니다. 광고 콘셉트는 피로 회복제를 마시고 직업이 주는 고단함을 풀자는 것이지만 '학교 가기 싫다'라는 말 뒤에는 우리가 매일 삼켜내는 무거운 현실이 숨어 있습니다. 학교에 출근하는 것이 즐겁지 않은 교사가 더 많다는 현실을 이제는 부정하기 어려운 시대가 되었습니다.

얼마 전, 임용 후 5년 이내 교직을 떠나는 젊은 선생님들이 점점 늘어난다는 기사를 봤습니다. 자신이 학생일 때 바라보던 '교사'라는 이미지와 실제 현실 사이의 틈이 너무 컸던 탓일지도 모릅니다. 학생을 성장시킨다는 사명감과 보람은 근무 환경, 급여, 복지에 대한 불만족

앞에서 점점 밀려나고, 결국 새로운 직업을 찾게 만드는 것 같습니다.

경력 3년 차 선생님과 점심을 먹던 자리에서 월급 이야기가 나왔습니다. 선생님은 "이렇게 교사 월급이 적은 줄 몰랐어요. 미리 알았더라면 아마 이 직업을 선택하지 않았을 거예요."라고 하더군요. 그 말이 참 슬프게 다가왔습니다. 월급이 삶의 질과 연결되는 건 사실이니까요. 하지만 교직 생활 20년이 넘는 저는 쓸쓸하게 웃을 수밖에 없었습니다. 그분과 똑같은 생각을 하고 있었다면 이미 절반 이상의 교사들이 교단을 떠났을 테니까요.

직업 선택 기준이 '돈'이라면 교사는 참 권하기 어려운 직업입니다. 월급에 비해 스트레스 강도는 너무 높으니까요. 과도한 업무, 예의 없는 학부모, 교권의 흔들림 속에서 많은 선생님이 상처받습니다. 무한한 인내심을 가지고 학생을 지도하지만 그 결과가 바로 드러나지는 않습니다. 동료와의 갈등, 관리자와의 마찰도 견뎌야 하지요. 그러기에 출근이 때론 무거울 수밖에 없습니다.

음료 광고는 다음의 내레이션으로 마무리됩니다.
"반가운 만큼 힘도 들지만, 이 순간을 기다려 왔잖아요."

자신이 교사가 되기로 했던 첫 마음, 신규 교사로 아이들 앞에 섰던 그 순간의 설렘을 잊지 않으셨으면 합니다. 교육정책과 제도는 하루아침에 바뀌기 어렵습니다. 하지만 우리 반의 모습과 내가 수업하는 교실의 풍경은 스스로 결정할 수 있습니다. 학교의 미래를 바꾸는 건 거창한 개혁이 아니라, 바로 내가 수업하는 교실에 있다고, 그곳에서의 작은 실천에서 시작된다고 믿습니다.

조벽 교수님의 책 제목 가운데 '나는 대한민국의 교사다'라는 문구를 좋아합니다. 힘든 교직 생활을 버틸 수 있게 해준 일종의 마법같은 문장이었지요. 이 글을 읽을 때마다 '이 나라의 교육을 책임지고 있는 사람'이라는 자부심이 새롭게 일었습니다. 그 타이틀이 부끄럽지 않도록 최선을 다해 살아왔습니다. 그런데 최근 교수님의 강연에서 더 깊이 마음을 울리는 한 문장을 선물 받았습니다.

'그래서 교사가 희망입니다'

프레젠테이션 마지막 페이지에서 그 문장을 보는 순간, 가슴이 뜨거워졌습니다. 학생에게 희망이 되고 싶어졌습니다. 저는 소망합니다. 오늘도 무거운 발걸음을 떼는 대한민국의 교사들이 이 글귀를 읽으며 가슴이 다시 뜨거워지기를, 흔들리더라도 끝내 희망을 품고, 이곳 우리 아이들 곁에 계속 서 있기를.

2부 성장 멘탈 업데이트 중

긍정의 힘을 믿으며

주변의 상황을 어떻게 해석하느냐는 어릴 적 성장배경과 깊은 관련이 있습니다. 결과가 좋지 않았어도 과정을 지지받고 늘 긍정의 말을 들으며 자란 아이와 자주 혼나거나 부정적인 말을 듣고 자란 아이, 아무리 노력해도 칭찬받지 못한 채 자란 아이는 같은 상황에서도 전혀 다른 반응을 보이곤 하지요.

제가 긍정적인 마음가짐을 갖게 된 것은 어머니 덕분입니다. 어머니는 늘 제 능력을 믿어주셨고, "하면 된다"를 함께 외쳐주신 분이셨습니다. 뛰어난 역량을 타고나지 않았음에도 이렇게 잘 성장할 수 있었던 것은 어머니의 긍정 예언이 있었기에 가능했던 일입니다.

우리가 자라 온 과거의 환경은 바꿀 수 없습니다. 하지만 앞으로 살아갈 환경은 자신의 의지대로 바꿀 수 있다는 희망이 있지요. 저는 부정적인 말보다 긍정적인 말과 시선이 삶을 지탱하는 더 큰 에너지라고 믿습니다. 그래서 의식적으로 말을 긍정적으로 하고, 밝은 미래를 상상하려고 노력합니다.

전수민 흔들려도 교사로 산다는 것

저는 학교에서 학생들에게 긍정의 말을 자주 건네고 있습니다. 집에서도, 학교에서도 지지받지 못하고 관심받지 못하는 학생들이 늘 있기 때문입니다. 자라면서 누구에게도 긍정적인 말을 듣지 못한다는 것은 정말 슬픈 일입니다. 가정에서 변화가 어렵다면, 그 친구들에게 빛과 희망을 줄 수 있는 사람은 교사밖에 없다고 생각합니다. 여러 선생님의 칭찬 한마디, 격려 한마디가 모여 아이들의 삶을 바꾸는 힘이 됩니다. 학생들의 무한한 가능성에 영양분이 될 수 있기에 교사의 긍정적인 말은 더욱 중요합니다.

　성적이 낮아 주목받지 못했거나 한 번도 칭찬받지 못했던 학생이 미술 수업에서 작품에 대한 긍정적 피드백을 받고 난 후 달라지는 모습을 여러 번 보았습니다. 교사에게 인정받은 경험은 '한 번 더 인정받고 싶음'이라는 열정으로 이어집니다. 잘하건 잘하지 못하건 정성을 다해 작품에 몰입하고 있는 학생들을 보면 그렇게 사랑스러울 수가 없습니다. 열심히 참여하는 학생이 많을수록 수업의 몰입도와 완성도가 높아지는 것은 당연한 결과이겠지요. 서로 상생하는 효과가 있습니다. 교실은 점점 활기를 띠고, 아이들의 표현력과 창의력은 향상되며, 교사는 보람을 느낍니다.

　칭찬뿐만 아니라 '긍정적인 예언'도 학생에게 큰 힘이 됩니다. 고3 담임 시절, 유아교육학과에 합격한 제자가 신기한 경험을 들려주었습니다. 수능 시험장 청소를 했던 고1 때의 일이라고 합니다. 교실 구석구석을 열심히 닦고 있는데 제가 옆에 오더니 "이렇게 청소를 열심히 하는 친구는 원하는 꿈을 꼭 이룰 거야. 나중에 내가 담임 선생님이 되면 대학 잘 보내줄게."라고 말했다는 겁니다. 그 말을 듣는 순간 까마득히 잊고 있었던 장면이 떠올랐습니다. 인문계 고등학교는 처음이었고, 고3 담임 경험도 없던 때였는데 어디서 이런 자신감이 나왔을까요? 누군가를 칭찬했던 장면은 어렴풋이 남았지만, 대학을 잘 보내주겠다는 약속은 전혀 기억에 없었습니다. 제가 학생들에게 뿌리고 다닌 '긍정의 씨앗'이 마음속에 남아있다가 현실이 된 모습을 보며 저도 깜짝 놀랐습니다.

'좋은 씨앗이 좋은 열매를 맺는다'라는 말이 있습니다. 그만큼 씨앗은 중요합니다. 교사는 아이들의 마음에 씨앗을 뿌리는 사람입니다. 그런데 뿌린 씨앗이 움트는 시기는 모두 다릅니다. 언제 싹이 트고 꽃이 피어날지는 아무도 모릅니다. 하지만 분명한 건, 언젠가는 꽃도 피우고 열매를 맺으리라는 사실입니다. 그래서 저는 오늘도 아이들 마음에 긍정의 씨앗을 심으며, 그들의 멋진 미래를 상상합니다.

전수민 흔들려도 교사로 산다는 것

교사 자란다, 잘한다

조승연

수업보다 더 중요한 건,
선생님만의 기준을
만들어 가는 일이에요.

교사 첫 해, 좌충우돌 조 선생

첫 발령을 받고 학교에 발을 디딘 순간, 군대식 문화가 학교에 얼마나 깊이 박혀 있는지를 깨달았어요. 새내기 교사이면서 '남교사', '저 경력', '미혼'이라는 이유만으로 당연히 체육 업무와 기피 학년 담임, 청소년 단체 업무까지 맡게 되자 크게 당황했죠. 학교 안에서 이유를 알 수 없는 많은 일들이 '그냥 그렇게 해야 하기 때문에' 진행되는 것을 보며 충격을 받았어요. 마치 거대한 톱니바퀴처럼 돌아가는 시스템 속에서 저는 그저 기계의 부품 같아 보였어요.

어떤 날은 별 의미 없는 교육 행사 준비로 늦은 밤까지 학교에 남았고, 끝이 보이지 않는 회의와 지시에 묶여 제자리를 벗어나기 힘들었어요. 주어진 일들을 수행하는 기계가 된 기분이었죠. 교육의 본질보다 형식적인 절차와 관행에 얽매이는 상황 속에서, 처음의 혼란은 점차 거대한 피로감과 회의감으로 바뀌어 갔습니다.

가장 힘들었던 것은 무의미한 일을 하느라 학생들과 소통할 여유가

조승연 교사 자란다, 잘한다

줄어들고, 수업 준비에 더 신경을 쓰지 못했던 상황이에요. 교사 생활 첫해, 그 부담은 더 크게 다가왔죠. 다른 사람에게 폐를 끼치면 안 된다는 생각과 맡은 일은 잘 끝내야 한다는 책임감이 저를 억눌렀어요. 일이 많아지고 책임이 커질수록, 답답함과 두려움도 함께 자라났어요.

무의미한 일을 할 때마다 스스로 '감옥에 갇힌 듯한' 느낌을 받았어요. 교육적이지 않은 관행이나 실효성 없는 업무들을 억지로 수행해야 한다는 생각에 불안과 무력감이 가득 찼어요. 매일 아침 학교에 가는 길에는 '이렇게 살다가는 결국 내가 먼저 지치고 말 거야'라는 생각이 떠나지 않았죠. 머릿속에는 경고음이 울렸어요. '이대로는 안 돼, 나는 이렇게 교사 생활을 지속할 수 없어.'

어느 순간 더 이상 이런 상황을 견디기 힘들다고 느꼈어요. '어떻게 하면 의미 없는 일을 억지로 해야 하는 이 구도에서 탈출할 수 있을까?'라는 질문이 저를 괴롭혔어요. 고민은 깊어졌고, 불면의 밤이 이어지던 어느 날 문득 깨달음이 찾아왔어요. '그래, 내가 진정한 전문가가 되어야겠어. 남들이 다 할 수 있는 일이 아니라, 내가 아니면 안 되는 일을 해야 해.'라고 결심했죠.

그때부터 저에게 질문을 던지기 시작했어요. '교사로서 나는 무엇을 원하는가?' '내가 추구하는 의미는 무엇인가?' 처음에는 답을 찾기 어려웠지만, 내면의 목소리가 들리기 시작했습니다. 막연하게 느끼던 불편함은 단순히 업무량 때문이 아니었어요. 그것은 제 신념과 가치관이 학교의 관행과 충돌하는 지점에서 발생하는 것이었어요. 아픔의 원인을 알게 되자, 문제는 훨씬 작아졌고 해결 방향도 보이기 시작했어요.

여러분도 비슷한 경험을 한 적이 있나요? '내가 이 일을 왜 해야 하지?'라는 질문에 답하지 못해 혼란스러웠던 순간이 있었나요? 교사로서의 의미를 되새기며, 각자의 가치와 신념을 지켜가는 것은 분명 쉽지 않은 일이에요.

그렇지만 그 과정을 통해 우리는 비로소 진정한 교육자가 되어가고 있지 않을까요? 이 질문을 스스로에게 던져보세요. 그 안에서 선생님만의 답을 찾는 과정을 통해 교사로서의 길을 더욱 단단하게 만들 수 있어요.

선생님은 어떤 답을 스스로 만들고 계신가요?

조승연 교사 자란다, 잘한다

전문가가 되기 위한 발버둥

  '전문가가 되어야겠다!'라는 결심 이후, TV나 유튜브 속 전문가들을 찾아봤지만, 제가 원하는 모습은 어디에도 없었어요. 그때 깨달은 가장 큰 문제는 '무엇에 대한 전문가가 되고 싶은가?', '어떤 전문가가 되고 싶은가?'라는 질문에 대한 답이 명확하지 않다는 점이었죠.

  그래서 평소처럼 자신과의 대화를 시작했어요. "어떤 활동을 할 때 가장 기쁘고 보람을 느끼지?"라고 묻고 또 묻자 답이 떠올랐어요. 책을 읽고 생각을 정리할 때, 노래하거나 대화할 때, 생각을 논리적으로 표현할 때, 그리고 축구 같은 운동을 할 때였죠.

  그중 교사로서 전문성을 키울 수 있는 활동은 무엇일까? 독서 교육과 토론 교육이 떠올랐습니다. 두 가지 모두 학생들에게도 중요하고, 저에게도 의미 있는 일이었어요. 그래도 둘 중 하나만 선택해야 한다면, 저는 토론 교육을 선택했어요. 독서 교육은 이미 많이들 하지만, 토론 교육은 아직 체계적으로 하는 곳이 적고, 아이들에게 자기 생각

2부 성장 멘탈 업데이트 중

을 표현하고 다른 사람의 의견을 경청하는 기회를 줄 수 있다고 믿었기 때문이에요.

그러면 토론 교육 전문가가 되려면 어떻게 해야 할까? 그 질문에 저는 또다시 저 자신에게 물었습니다.

나: '일단 대학원에 가서 더 깊이 공부하고, 현장에서 실제로 토론 교육을 하는 선생님들을 찾아가야지. 연구회나 세미나에도 참여하면서 나만의 방식을 다듬어야 해.'

나: '만약 어려움이 생기면? 안전하게 다른 선생님들 방법을 따라가는 게 낫지 않을까?'

나: '물론 처음에는 따라가야겠지. 하지만 그 방식은 그 선생님에게 의미 있는 것이기에, 나에게 꼭 맞는 것을 만들려면 결국 내가 만들어가야 해.'

이렇게 토론 교육 전문가가 되겠다는 목표가 생겼어요. 구체적인 시작 방법을 고민하며 다음 해에 대학원에 진학하고 교사 연구회에도 참여했어요. 대학원에서는 학문적으로 배웠고, 연구회에서는 선배 교사들과 함께하며 실제 현장에서 토론 교육을 실천하는 모습을 보고 배웠어요. 그들과의 만남은 저에게 실제적이고 구체적인 길을 보여주었어요.

학급에 토론 교육을 직접 도입하며 다양한 시도를 했어요. 첫 수업은 실패였어요. 아이들은 질문에 낯설어했고, 서로의 의견을 경청하기

조승연 교사 자란다, 잘한다

보다는 자기주장만 내세우기 바빴어요. 그날 수업이 끝나고 교실에 홀로 앉아 좌절감을 느끼기도 했어요.

하지만 포기하지 않고 방법을 바꿔가며 시도했습니다. 그러자 아이들은 조금씩 자기 생각을 표현하기 시작했고, 서로의 의견을 듣기 시작했어요. 저는 아이들과 함께 토론 대회에 나가면서 그들의 발전을 눈으로 확인했고, 그 과정에서 저 역시 성장하고 있다는 것을 깨달았어요. 비록 여전히 의미 없는 '정보화 기기 관리'나 청소년 단체 업무를 맡았지만, 이제는 주말에 아이들을 인솔하는 일이 즐겁고 활력 넘치는 일이 되었어요.

우연히 토론 팀에 속한 학생의 학부모님이 이 과정을 보고 감동하여 교장 선생님께 칭찬을 전하셨어요. 사실 그 학생이 토론 활동을 엄청 재미있어했고, 집에서 신나게 자료를 찾고 토론 준비를 하는 모습이 학부모님에게는 너무 기쁜 일이었대요. 그 이후로 제 노력은 인정받기 시작했고, 결국 다음 해에는 학교에서 토론 교육을 담당하는 업무가 정식으로 생겨 제가 그 역할을 맡게 되었죠.

이 경험을 통해 교사로서 무엇을 원하는지 스스로 묻고, 구체적으로 표현하고, 실현해 나가는 힘을 얻게 되었어요. 선생님들도 '내가 진정으로 원하는 것은 무엇인가?'라는 질문을 스스로에게 던지고, 그 답을 찾아가는 과정을 통해 자신만의 교직 생활을 만들어갈 수 있어요.

이제는 말할 수 있다!

초임 교사로서 겪는 위기는 이게 다가 아니었어요. 아이들과 토론 수업으로 막 잘 지내기 시작한 찰나, 전혀 예상치 못한 곳에서 큰 위기가 찾아왔어요. 학부모 민원이었죠.

어느 날 퇴근 후 저녁 7시경, 학부모에게서 전화가 왔어요. 받을까 말까, 고민하는 찰나에 부재중 전화가 여섯, 일곱 통이나 쌓이기 시작했습니다. 쉴 새 없이 울리는 진동 소리에 가슴이 철렁했어요. 평소 같았으면 전화를 받지 않았겠지만, 계속되는 부재중 전화에 뭔가 심상치 않음을 느꼈습니다. 결국 긴장된 마음으로 메시지를 보냈죠.

"지금 전화를 받을 수 없습니다. 죄송합니다. 어떤 일이신가요?"

그 대답을 기다렸지만 제가 받는 내용은 '내일 아침 찾아뵙겠습니다'라는 짧은 메시지 한 줄이었어요.

253

다음 날 아침 8시 20분, 출근길에 교문 앞에서 기다리고 있는 학부모를 마주쳤습니다. 멀리서부터 저를 노려보는 학부모의 시선이 느껴졌고, 제 발걸음은 점점 무거워졌습니다. 인사는커녕, "선생님, 왜 어제 전화를 안 받으셨죠?"라는 차가운 목소리가 먼저였습니다. 그 목소리에는 불만과 분노가 가득했죠.

나: 제 사생활이니 따로 말씀드릴 이유가 없습니다.

학부모: 아니, 이유가 있을 것 아닙니까?

나: 제 사생활을 말씀드릴 이유가 없습니다. 찾아오신 용건을 말씀해 주세요.

학부모: 참, 젊은 사람이 예의가 없네. 교장실로 찾아갈 겁니다.

나: 그렇게 하세요. 모셔다드릴까요?

학부모의 말에 저 역시 감정이 격해졌지만, 이 상황에서 감정을 드러내는 것이 옳지 않다고 판단했습니다. 오히려 차분하지만 단호한 태도로 대화의 주도권을 뺏기지 않으려고 노력했어요. 하지만 학부모는 이미 흥분한 상태였고, 저도 점점 화가 나기 시작했어요. 결국 교장 선생님이 출근하기 전, 교무실에 계신 교감 선생님을 찾아갔습니다.

학부모의 이야기를 다 들으신 교감 선생님은 저를 따로 부르셨어요.
"조 선생. 저녁에 전화를 받는 게 곤란한 건 알아요. 그런데, 오죽했으면 그 시간에 전화를 했을까. 눈 딱 감고 사과 한번 해요. 그래야 마무리할 수 있지. 아니면 계속 민원 넣을 텐데 그러면 조 선생이 더 힘들어지지 않겠어?"

교감 선생님의 조언은 현실적이긴 했지만, 그대로 따르기에는 너무 싫었어요.

그때 제 머릿속에는 두 가지 선택지가 떠올랐습니다.

[선택 1: 사과를 한다면] 교감 선생님의 조언을 받아들여 사과한다면, 학부모의 마음은 누그러질 거예요. "어제 저녁에 전화를 받지 못해 죄송합니다. 연수와 개인 사정이 겹쳐 대응이 부족했습니다."라고 최대한 정중하게 말해야겠지.

그러면 학부모님의 표정은 한결 부드러워질 것이고, 그날 오후에 민원도 종결되겠죠. 하지만 그 선택은 '나'를 지키기 위해 한 발 뒤로 물러서는 것이었어요. 그리고 다음에도 같은 상황이 생기면 잘못하지도 않은 일에 또 잘못했다고 말해야만 할까? 이 작은 후퇴가 앞으로의 교직 생활에서 끊임없는 굴복을 요구하는 시작점이 되지는 않을까? 이것이 진짜 나를 지키는 길일까? 자존심뿐만 아니라, 교사로서의 정당한 경계선을 지키고 싶은 마음이 컸습니다.

[선택 2: 사과를 하지 않는다면] "제 사생활이니 따로 말씀드릴 이유가 없습니다."라는 말로 입장을 고수한다면, 학부모는 불만을 품은 채 교장실로 가겠죠. 이로 인해 학교에는 민원이 제기되고, 학교 분

위기는 차가워질 수 있어요. 최악의 경우, 교장 선생님이 저를 불러 사과를 시킬 수도 있고요. 그때도 버틸 수 있을까? 사과를 계속 거부하면, 매일 아침 교문을 지날 때마다 학부모가 와 있는지 신경 쓰일 수도 있어요. 하지만 자존심은 지킬 수 있겠죠. 그런데 화풀이 삼아 제가 하는 교육활동에 사사건건 민원을 걸면 어떡하지? 저의 교육관이 옳다고 믿는 일까지 방해받게 될지도 모른다는 불안감이 엄습하기도 했어요.

두 가지 선택지 사이에서 저는 깊은 고민에 빠졌습니다. 교사로서의 자존감과 현실적인 상황 사이에서 어떤 것이 옳은 길인지 판단하기가 어려웠어요. 어떤 선택도 불편한 점이 있기 때문이에요. 무엇을 지키고, 무엇을 포기할 것인가?

여러분이 저였다면 어떻게 하시겠어요? 어떤 마음으로 그 선택을 하시겠어요?

나만의 교사 정체성 만들기

　토론 교육을 시작하면서 책을 공동 집필하고, 외부 강의도 하게 되었어요. 예상보다 빠른 성취였고, 그 시절, 저는 정말 즐겁고 들떠 있었어요. 수업 속에서 아이들이 배우고 자라는 모습을 볼 때마다 가슴이 벅찼어요.

　하지만 시간이 지나면서 이상하게도 열정이 점점 사라졌어요. 책을 써도 설레지 않았고, 강의를 준비하는 일조차 부담스럽게 느껴졌어요. 그때부터 스스로에게 물었어요.

　'왜 이렇게 힘이 빠질까? 나름 열심히 해왔는데, 왜 더 나아가지 못하는 걸까?' 돌이켜보니 이유는 단순했어요.

　'교사로서 나는 왜 필요한가? 내가 아이들에게 어떤 의미로 남고 있는가?'

　이 근본적인 질문을 잊은 채, 또 다른 질문의 답을 찾으려고 했기 때문에요.

　그 시점의 토론 교육은 여전히 학생들에게 의미가 있었지만, 저에게

조승연 교사 자란다, 잘한다

는 더 이상 충만함을 주지 못했어요. 그러던 중 WPI 심리 상담을 만나게 되었고, 그 경험은 제 시야를 완전히 바꿔 놓았어요.

학생들에게 지식보다 '자기 자신을 이해하고, 자신과 대화하는 힘'을 길러주는 교육을 해야겠다는 생각을 하게 되죠.

WPI 검사 결과, 제 성향은 '아이디얼리스트'였어요. 이상주의적인 성격이죠. 이 성격은 자신이 보기에 의미 있는 일엔 누구보다 몰입하지만, 의미를 느끼지 못하면 작은 일도 버거워지는 성향이었죠. 사회의 질서와 규칙에 의문을 품고, 나만의 방식을 고수하려는 특징도 있었어요.

그렇기에 이 성향으로 학교생활을 하기에는 너무 너무도 괴로웠어요. 학교는 관리자나 다수가 결정한 방향을 따르는 구조, 변화보다는 안정, 불안보다 무난함을 선택하는 분위기예요. 그 안에서 '의미'를 찾으려니 늘 벽에 부딪혔어요. 그 차이가 제가 교사로서 힘들었던 이유였다는 걸 깨닫게 되었어요.

그리고 놀랍게도, 저와 비슷한 이유로 힘들어하는 학생들이 있다는 걸 알게 됐어요. 사람들은 보통 금쪽이라고 불러요. 그들은 규칙을 이해하지 못해서가 아니라, '왜' 해야 하는지를 이해하지 못해서 힘들어했어요.

질문하면 '쓸데없는 소리 하지 말라'는 말을 듣고, 이해되지 않는 지

258

시에는 쉽게 반항했어요. 결국 '사회성이 부족하다', '예의가 없다'는 평가를 받곤 했죠. 그 아이들은 저와 같은 아이디얼리스트였어요. 의미가 부여되면 몰입하지만, 그 이유를 찾지 못하면 가장 단순한 일조차 견디기 힘든 성향이었죠.

그래서 생각했어요. '이 아이들에게 학교가 의미 있는 공간이 되려면, 의미의 이유를 함께 만들어가야겠구나.' 그래서 아이들에게 물었어요.

"공부는 왜 해야 할까?"

대부분 "좋은 대학에 가기 위해서요.", "좋은 직업을 얻기 위해서요." 라고 답했어요.

하지만 진짜 자신의 이유를 말하는 학생은 거의 없었어요. 그들은 막연한 미래를 위해 현재를 희생했고, 그 희생이 당연하다고 믿고 있었어요. '지금은 힘들지만, 대학 가면 행복해질 거야.'

하지만 의미 없는 현재는, 결국 더 큰 혼란으로 돌아온다는 것을요.

아이들은 '나는 누구인가', '나는 어떤 삶을 살고 싶은가?'를 묻지 못한 채 살아가고 있었어요. 대신 '어떤 대학에 가야 하는가?', '어떤 직업을 얻어야 하는가?'라는 질문에 정답을 찾으려 해요. 대학교와 직업을 얻기만 하면, 자신의 삶이 달라질 것이라고 믿으면서 말이죠. 말은 진로 교육이라고 하고, 실제 그 의미는 '직업 준비 교육'이 된 현실이에요.

그래서 저는 학교가 그리고 선생님이 학생들에게 진짜 필요한 질문을 던질 수 있는 공간이 되어야 한다고 생각하게 되었어요.

학생이 학교생활 속에서 자신이 어떤 사람인지, 어떤 마음을 지닌 사람인지 알아가는지 돌아볼 수 있는 질문으로요. 자신의 성향에 어울리는 친구 관계 맺기와 문제 해결 방식을 배우는 경험. 그리고 자신이 어떤 삶을 살고 싶은지를 생생하게 그려보는 경험. 그 모든 게 학교 안에서 이루어져야 한다고 믿게 되었어요.

그래서 교실 안에서 학생들에게 자주 이렇게 말해요.
"공부보다 더 중요한 건, 공부를 하는 '자신의 마음'을 아는 거예요."
지금 친구와의 갈등, 교사와의 오해, 실패의 경험 속에서 자신이 어떤 기준으로 살아가고 있는지를 알아가는 게 진짜 공부라고요.

이제 저는 어떤 교사로 살아가고 싶은지 날마다 저에게 묻고, 저만의 답을 만들어가고 있어요. 아이들의 마음을 읽고, 그 마음에 맞는 삶의 길을 함께 찾아가는 교사. 지식을 전달하는 사람이 아니라, '자기 자신으로 살아가는 법'을 함께 배우는 사람.

여러분은 어떤 선생님이 되고 싶으신가요?
남들이 정해준 길이 아니라, 당신만의 믿음으로 서 있는 교사의 모습을 그려보세요.
그 길이 바로 '당신의 정체성'이에요.

260

학생 간의 갈등 상담

쉬는 시간, 학생 둘이 축구하다가 다퉜어요.

규칙을 조금 바꿔서 골키퍼 없는 변형 축구 게임을 했는데, 같은 팀 학생 A와 B가 언성을 높이기 시작했어요.

A: 골키퍼 없는 거야. 야, 너 나와!

B: 나 골키퍼 아니야!

B의 반응이 뻔뻔하게 느껴졌는지, A는 B가 일부러 시비를 건다고 생각했어요.

곧바로 얼굴을 붉히고, 서로 삿대질하며 말다툼이 시작되었죠.

예전의 저라면 이렇게 했을 거예요.

두 학생을 자리에 앉혀놓고, 차분한 태도로 각각의 말을 들었을 거예요. 사실관계를 다시 하나하나 확인하고, 서로의 말이 다르면 옆 친구들을 불러 '누구 말이 맞는지' 확인했겠죠. 그 뒤로는 둘 다 책임이 있으니 서로 사과하고, 앞으로 잘하자는 말을 나눈 뒤 화해를 시켰을 거예요.

이렇게 정리하면, 겉으로 보기엔 마무리가 잘 된 것처럼 보여요. 하지만 저는 어느 순간부터, 그 해결 방식이 겉으로만 평화로웠을 뿐, 학생들의 마음은 전혀 풀리지 않았다는 걸 알게 되었어요.

서로를 바라보는 감정은 그대로 남아 있었고, 복도에서 마주치기만 해도 째려본다고 느끼곤 했어요. 그때 저는 속으로 생각했겠죠. '둘 다 성질을 못 이겨. 역시 사회성이 부족한 아이들이야.'

하지만 지금은 다르게 접근해요. 이제는 학생마다 마음의 구조가 다르다는 걸 믿게 되었거든요. 누가 맞고 틀리냐가 아니라, 각자의 관점에서 어떻게 생각했는지를 명확히 이해하는 것에 초점을 맞춰요.

제가 먼저 질문했어요.

조: A야, 너는 '골키퍼'가 뭐라고 생각해?

A: 골대 앞을 지키는 사람이요.

조: B야, 너는 골키퍼가 뭐라고 생각해?

B: 손으로 공을 잡는 사람이요.

조: 혹시 이 규칙에 대해서 서로 이야기 나눈 적 있어?

A, B: 아니요. 그런 얘긴 해본 적 없어요.

그 대화가 끝났을 때, 두 학생은 서로를 빤히 바라보더니 조용히 웃었어요. 조금 전까지만 해도 언성을 높였던 싸움이, 짧은 시간에 자연스럽게 정리된 거예요. 단순히 서로 말이 안 통했던 게 아니라, 처음부터 서로의 의미 자체가 달랐던 거죠.

'역지사지.'

우리는 이 말을 쉽게 써요.
그런데 실제로는 참 어렵죠.
왜일까요?

자기 마음을 명확히 모르는 사람은, 남의 마음을 헤아릴 수 없기 때문이에요. 자신이 어떤 생각을 하는지, 어떤 감정이 올라오는지를 정확히 아는 사람만이 상대의 마음을 더 깊이 이해할 수 있어요.

학생들 사이의 갈등도, 선생님과 학생 사이의 오해도, 그 출발은 결국 "자신의 마음을 얼마나 알고 있는가?"에 달려 있어요.

선생님이 자신의 마음을 더욱 분명하게 읽을수록, 학생의 마음도 더 선명하게 읽어줄 수 있어요. 그렇게 될 때, 우리는 다양한 각각의 다른 마음을 하나로 모을 수 있는 학급을 만들어갈 수 있어요.

더 나은 조 선생이 되기 위해

요즘 AI 기술이 눈부시게 발전하면서, 교육 현장도 빠르게 바뀌고 있어요.

이제 학생들은 교사의 설명을 듣는 수동적 존재가 아니라, 스스로 질문하고 답을 찾아가는 주체적인 학습자가 되어야 해요.

AI는 이미 정보 분석과 활용 능력에서 많은 사람보다 앞서고 있어요.

예를 들어 초급 변호사들이 하던 기본적인 법률 검토는 AI가 더 빠르고 정확하게 처리하고 있죠. 반면, 시니어 변호사들은 자신들의 경험과 통찰력을 바탕으로 AI를 도구로 활용하며 더 나은 성과를 만들어 가고 있어요.

이런 변화는 교육계에도 그대로 영향을 미칠 거예요. 그래서 우리 교사들도 '어떻게 가르칠 것인가?'뿐만 아니라, '나는 어떤 교사로 성장해야 할까?'를 끊임없이 고민해야 한다고 생각해요.

스스로에게 자주 묻곤 해요.

'나는 지금 어떤 가치를 학생들에게 전하고 있는가?'

'이 시대에 교사인 나는, 무엇으로 학생들의 삶에 의미를 줄 수 있을까?'

이 질문을 따라가다 보면 결국, 교사로서 제 비전은 '학생들이 자기 자신을 더 잘 이해하도록 돕는 것'이에요.

수업이나 학교생활을 통해, 학생들이 자기 마음을 깊이 들여다보는 경험을 하게 하고 싶어요. 그 안에서 자기 생각과 감정을 탐색하며, 점차 자기만의 삶을 스스로 만들어가는 힘을 키우게 되겠죠. 마치 금광에서 빛나는 원석을 발견하듯, 자기 안의 보석 같은 마음을 찾아가는 여정이에요.

특히 마음에 두고 있는 아이들이 있어요. 우리가 흔히 '금쪽이'라고 부르는 아이들이요. 이 아이들은 자신의 감정이나 행동을 자신도 잘 이해하지 못해 괴로워해요. 그래서 주변 사람들과의 관계에서도 자주 부딪히고, 오해를 사죠.

저는 이 아이들이 자기 마음을 이해할 수 있는 교육을 꼭 받아야 한다고 믿어요. 그리고 그 곁에서 함께하는 선생님들 역시 이 아이들의 마음을 이해하고, 함께 성장할 수 있는 힘을 길러야 한다고 생각해요.

앞으로의 10년은, 이런 학생들과 함께하며, 그들을 돕는 교사들에게 힘이 되는 길을 걷고 싶어요. 가능하다면 금쪽이와 같은 아이들을 직

조승연 교사 자란다, 잘한다

접 담임하면서, 그들의 일상을 가까이서 관찰하고 이해하고 싶어요.

　생활 인권 교육부장으로서 각종 위원회 활동에도 참여하며, 학교 전체가 이런 아이들과 교사를 서로 이해하고 지지할 수 있는 시스템을 만들어가고 싶어요. 처벌이나 치료가 아니라, '교육'이라는 본래의 과정에서 학생이 자신의 마음과 타인의 마음을 이해해 가는 사례를 더 많이 만들어서, 더 많이 나누고 싶어요.

　늘 이런 질문을 품고 있어요.
　'교육 현장에서 진짜 교육 전문가로 인정받는 교사는 어떤 사람일까?'

　교육 문제가 생겼을 때, 우리는 심리 전문가나 외부 상담가에게 넘기기보다 교사 스스로가 학생의 마음과 상황을 설명할 수 있는 시대를 만들고 싶어요. 그럴 수 있다면, 교사는 단지 보호받아야 할 약자가 아니라 학생과 학부모에게 신뢰받는 교육 전문가로 자리매김할 수 있겠죠. 우리는 학생들을 매일매일 만나고, 그들의 삶과 함께하며, 수많은 교육 경험들이 있어요. 우리가 각각 자신만의 교육을 만들어가는가, 그리고 그 교육이 학생들에게 얼마나 의미가 있는가에 따라 달라질 거예요.

　이 꿈을 꾼다는 게, 솔직히 말하면 쉽지는 않아요.
　부족한 점도 잘 알고 있고, 때로는 막연한 두려움도 들어요.
　그래도 저는 이 목표를 마음에 깊이 새기고, 그 방향으로 한 걸음씩 나아가고 있어요.

그리고 때로는 느리게 갈지라도 끝까지 가려고 해요.

여러분의 꿈은 무엇인가요?

10년 뒤, 어떤 모습으로 살아가고 싶으신가요?

그 모습을 위해, 오늘 어떤 이미지를 그리고 계신가요?

날마다 묻고, 자신만의 답을 만들어갈수록 여러분의 10년 뒤 모습은 생각보다 빠르게 더 멋진 모습으로 이뤄질 거예요.

조승연 교사 자란다, 잘한다

교사를 꿈꾼 적은 없었습니다

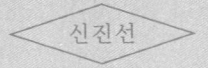

신진선

교사를 꿈꾸었든, 꿈꾸지 않았든, 중요한 것은 지금입니다.

선생님이 꾸는 꿈이 꼭 대단하지 않아도 좋습니다.

한 번도 꿈꾼 적 없으면 어떻습니까?

지금부터 꿈꾸면 됩니다.

※ 본 글에 등장하는 모든 학생들의 이름은 가명임을 밝힙니다.

안면인식장애도 괜찮습니까?

"선생님, 저 기억하세요?"

졸업생으로 보이는 여자아이가 교무실에 찾아와 말을 겁니다.

"어~ 알지. 내가 담임이었는데! 김영채 맞지?"

그 말에 갑자기 영채가 엉엉 울기 시작했습니다. 당황스러운 상황에 왜 우는지 물었습니다. 영채에게서 돌아온 대답은

"선생님이 제 이름을 기억해 주셔서요."

조금은 당황스러운 전개였지만 그 아이가 왜 우는지 알 수 있었습니다. 저는 안면인식장애가 있는 교사입니다. 교사의 가장 기본이자 최고의 덕목은 학생 한명 한명의 이름을 기억하고 불러주는 것입니다. 그러나 저는 아이들의 얼굴도, 이름도 기억하지 못하는 '안면인식장애'를 가진 최악의 교사였던 것이지요.

영화처럼 사람 얼굴이 형체 없이 보이는 정도는 아닙니다. 교무실 옆 자리 선생님을 못 알아보고 처음 본 사람인 것처럼 인사를 할 뿐입니다. 한번은 바로 전날 염색을 한 단골 미용실 사장님을 미용실

269

앞에서 마주쳤지요. 인사를 건네는 사장님을 알아보지 못한 제가 '누구지?'라는 눈빛으로 쳐다보니 당황하시더라고요. 조금 심각한가요?

1년간 함께 생활하는 담임 반 학생이라고 해도 예외는 아니었습니다. 특히 저를 찾아왔던 영채는 '윤채'라는 이름이 비슷한 여학생과 자주 헷갈려 이름을 바꿔 부르던 친구였습니다. 그러니 졸업을 하고 몇 년이 지난 시점에 자신의 이름을 기억하는 제 모습을 보고 감동의 눈물을 흘렸던 것입니다.

사실 저도 갑자기 김영채라는 이름이 왜 떠올랐는지 미스터리입니다. 기억나는 것은 영채라는 아이가 묵묵히 자기 역할에 최선을 다하는 착하고 성실한 학생이었다는 것. 그래서 늘 마음속으로 예쁜 학생이라고 생각했던 것뿐입니다. 어쩌면 그 아이의 얼굴은 제대로 기억하지 못했지만 당시 영채의 행동과 느낌은 기억하고 있었던 것 같습니다.

한번은 학교 근처 편의점에서 물건을 계산하려는데 아르바이트생이 "신진선 선생님!" 하면서 반갑게 인사를 건네왔습니다. 어디선가 본 것 같은 얼굴이었지만 기억이 나지 않아 "어~ 그래 잘 지내지?" 하며 멋쩍은 인사를 건넸습니다. 아르바이트생은 너무 반가워하며 자기가 어떤 대학에 갔고, 어떻게 지내는지 이야기해 주었습니다. 그런데 이 학생이 언제 가르쳤던 누구였는지 기억이 나지 않았습니다. 우물쭈물하며 당황한 모습으로 이야기를 나누던 그때 느낄 수 있었습니다. '아! 이 아이가 내가 자신을 기억하지 못한다는 것을 알아차렸구나!'

제자를 알아보지 못한 미안한 마음에 무거운 발걸음으로 집에 가는 길, 한참을 생각했습니다. '누구지?' 그러다 화들짝 놀랐습니다. 4년 전 담임을 맡았던 너무나 예뻐했던 학생이라는 사실을 깨닫고 말이지요. 그날 밤, 사랑스러웠던 제자에 대한 미안함에 혼자 이불킥을 했습니다. 다시 그 편의점에 가서 꼭 반갑게 옛 추억을 이야기하며 따뜻한 커피 한잔 사주리라 다짐도 했지요. 하지만 몇 번을 찾아간 그 편의점에서 다시는 제자의 얼굴을 볼 수 없었습니다.

교직 초반에는 저의 안면인식장애 정도를 제대로 인식하지 못했습니다. 그저 학생을 잘 기억하지 못하는, 교사로서 자질이 부족한, 학생들에게 무관심한 교사라고 생각했습니다. 아이들을 기억하지 못하는 것에 대하 들키지 않으려고 무던히 애를 썼지요. 아이들의 이름은 절대 먼저 부르지 않았습니다. 가끔은 이름을 불러주고 싶어 신경 써서 불렀던 날이면 여지없이 실수를 했고, 본의 아니게 저의 실수는 아이들에게 서운함을 안겨주었습니다.

언젠가부터 3월 첫 수업 시간에는 모든 학생들에게 저의 안면인식장애에 대해 이야기했습니다. 혹시 너희들의 얼굴을 기억하지 못하고, 이름을 제대로 불러주지 못하더라도 절대 서운해하지 말라면서요. 만약 선생님이 자신의 이름을 불러주길 바란다면 만날 때마다 이름을 알려주면 어쩌면 기억할 수 있을지도 모른다고 이야기했습니다.

이상한 것은 이때부터 제 실수에 대한 아이들의 반응이 달라졌습니다. 안면인식장애에 대해 이야기하고 난 후 제대로 이름을 불러주면 아이들은 격하게 감동했습니다. "제 이름을 아세요?" 하고 놀라면서 말이지요. 뭐 어떻습니까. 수업은 감동적이지 않더라도 학생이 저로 인해 감동을 받으면 이 또한 좋은 것이지 않겠습니까.

그렇게 '완벽한 교사일 필요는 없다.' 조금 부족하더라도 나라는 사람이 어떤 사람인지 진심으로 이야기하면 아이들도 이해해 준다는 것을 알게 되었습니다. 그리고 아이들이 나를 이해해 준 것처럼 조금 부족한 아이들이더라도 그 부족함까지 오롯이 이해하고 가르치는 교사가 되어야겠다고 다짐했습니다.

교사가 하는 일은 완벽한 사람을 가르치는 것이 아닙니다. 미성숙한 아이들을 조금 더 성숙한 어른이 될 수 있도록 안내하는 일이지요. 가끔은 미성숙한 아이들의 모습 속에서 제 자신의 부족함을 깨닫기도 합니다. 그래서 교사라는 직업은 참 매력적인 것 같습니다. 누구도 시간을 되돌려 과거로 돌아갈 수 없습니다. 그러나 교사는 학생들의 모습 속에서 자신의 어린 시절을 되돌아보며 성찰하는 기회를 가질 수 있지요. 또 수없이 많은 인간의 성장과 변화를 지켜볼 수 있는 직업이기도 합니다. 그래서 오늘도, 불완전함으로 인해 가끔은 교사에게 상처를 주는 아이들 속에서도 새로운 성장과 변화의 기회를 엿보며 그래도, 그래서 교사로 살아갑니다.

믿어주면 바뀝니까? (1)

　처음 담임을 맡았던 날이 생각납니다. 수업만 하던 교사에서 내가 관리하는 교실, 책임져야 할 아이들이 생겼던 그날. 사실 기대와 설렘보다는 걱정과 두려움이 컸습니다. 원래 배정되었던 선생님의 사정으로 갑작스럽게 담임을 맡게 되었기 때문입니다. 그래도 맡았으니 최선을 다해야 했죠. 역시 우려대로 저는 담임교사가 된 지 이틀 만에 눈물을 터뜨렸습니다. 학교폭력 대책위원회(이하 폭대위) 때문이었습니다.

　담임을 같은 반에는 소위 일짱이라고 말하는 통제 불능의 아이 '창민'이가 있었습니다. 창민이는 학년이 시작되기 전인 2월에 다른 학교 학생을 폭행했고, 이 사건 처리를 위해 3월 첫 주 폭대위가 개최되었습니다. 담임교사 자격으로 처음 참여한 폭대위에서 이름도 얼굴도 낯선 창민이가 저지른 사건을 듣고 있었습니다. 그리고 잠시 후 폭대위 위원들은 담임교사로서 앞으로 어떻게 창민이를 지도할 것이냐는 질문을 쏟아냈습니다. 쏟아지는 질문에 "제가 최선을 다해 창민이를 지도하겠습니다."라고 답하던 도중 갑자기 눈물이 터져 나왔습니다. 폭대위 위원들은 갑작스러운 제 눈물에 당황하셨는지 선생님 잘못이 아니

신진선 교사를 꿈꾼 적은 없었습니다

라며 위로해 주셨습니다.

　그러나 때는 이미 늦었습니다. 눈물을 멈출 수 없었습니다. 사실 제 눈물은 담임교사로서 사죄의 의미는 아니었습니다. 창민이의 일탈이 제 잘못이라고 말하는 것 같은 위원님들에 대한 억울한 마음의 표현이 었죠. 폭대위에 계셨던 위원님들이 원망스러웠습니다. '얼굴도 이름도 잘 모르는, 내가 본 적도 가르친 적도 없는 시간에 벌어진 일을 나보고 어쩌라는 거지?' 입으로는 죄송하다, 잘 지도해 보겠다고 말했지만 지금까지도 그날의 일은 제 마음속에 억울함으로 남아있습니다.

　폭대위는 끝났고 창민이를 개과천선 시키는 일은 담임인 저의 몫이 었습니다. 그러나 들리는 것은 '영어 시간에 창민이가 선생님께 대들 었다.', '수학 시간에 창민이가 책상 위에 두 발을 올리고 있었다.', '국어 선생님께 욕설을 뱉었다.' 같은 이야기였습니다. 창민이 때문에 괴롭다는 아이들의 민원이 빗발쳤습니다. 결국 창민이의 문제 행동으로 학생들이 얼마나 괴로운지 어떻게 문제를 해결하면 좋을지를 주제로 학급 설문조사를 진행했습니다. 그리고 그 결과를 창민이 어머님께 날 것 그대로 보여드렸습니다. 창민이가 지금 어떤 상태인지 아이들의 설문 결과를 통해 직접 보신 어머님께서는 상황의 심각성을 인지하셨고, 창민이에 대해 어떠한 형태의 지도와 조치를 해도 된다고 말씀해 주셨습니다. 어머님의 지지와 협조 속에서 모든 방법을 동원하여 창민이의 비행을 막고 사태를 수습해 보기로 했습니다.

274

사태 해결을 위해 자연스레 창민이를 만나 이야기하게 되었습니다. 그런데 이상한 생각이 들었습니다. 분명 제가 교과 선생님들과 학급 아이들에게 들었던 창민이의 모습은 무례하고, 폭력적이며 안하무인 이라는 말이 딱 어울리는 문제아였습니다. 그런데 대화를 나누어보니 그냥 여리디여린, 상처가 많은, 그저 사랑받고 싶어 하는 중학생 남자 아이였습니다. 그때부터 창민이에게 측은한 마음이 들었습니다. 그리 고 생각을 바꾸었습니다. 모두가 창민이를 미워해도, 모두가 창민이를 거부해도, 나는 이 학교에서 유일하게 창민이를 믿어주고, 지지해 주 는 사람이 되어보자고 말입니다.

그날 이후 복도에서 창민이를 마주치면 "우리 창민이 잘할 수 있지? 선생님이 믿는 거 알지?"라고 이야기해 주었습니다. 주변에 아이들이 많이 있을 때는 그냥 스쳐 지나갔지만 창민이와 둘만 마주치는 상황이 생기면 "선생님이 창민이 믿는 거 알지? 꼭 변화할 거라고 믿어."라며 무심히 이야기를 건넸습니다. 처음에는 귀찮아하며 못 들은 척 지나가 던 창민이가 어느 날부터인가 작은 목소리로 "네." 하고 대답하기 시작 했습니다. 저와 대화하기 애매한 거리에서 마주치면 멈칫하며 제가 말 을 건네기를 기다리는 듯한 모습도 보였지요.

그렇게 얼마쯤 지났을까요? 창민이의 생활 태도가 좋아졌다는 이야 기가 들리기 시작했습니다. 학급 아이들의 불만도 조금씩 사라졌습니 다. 창민이와 이야기를 나눠 보니 본인도 외롭고 친구들과 놀고 싶 지만 어떻게 다가가야 할지 모르는 것 같았습니다. 그래서 학급 회장을

신진선 교사를 꿈꾼 적은 없었습니다

비롯한 몇몇 친구들에게 창민이를 잘 돌봐 달라고 부탁했습니다. 창민이에게도 폭력과 욕설은 친구들과 멀어지게 할 테니 그냥 아무것도 하지 않고 가만히 있는 것만으로도 친구들을 사귈 수 있다고 이야기해 주었습니다.

자연스럽게 교실에서 친구들과의 관계를 회복한 창민이는 친구들에게 잘 보이고 싶은 마음이 들었는지 수업 시간을 방해하는 빈도수가 현저히 줄어들었고, 저희 반은 평화와 안정을 되찾았습니다. 학급 성적도 1등, 체육대회에서도 1등을 하는, 수업하기 좋은 평화로운 학급이 되었습니다. 놀랍게도 한 아이를 믿어주는 일이 학급 전체를 변화시키는 마법을 만들어 낸 것이지요.

믿어주면 바뀝니까? (2)

    당시 저는 경기도 교육청 임용고사에 합격한 상태로 발령 대기 중이었습니다. 1년 후 발령이 날것을 예상하고, 계약직 교원으로 담임 업무를 하고 있었지요. 그러던 중 생각보다 빠르게 9월 발령을 받게 되면서 아이들과 갑작스럽게 이별을 맞이하게 되었습니다. 미처 생각하지 못했던 발령 소식에 당황했습니다. 특히 이제야 평화를 찾고 정든 아이들에게 이 상황을 어떻게 말해야 할지 고민이 들었습니다. 일주일 후면 떠나야 하는데 미리 이야기하면 아이들의 혼란만 가중될 게 뻔했습니다. 그래서 떠나는 당일에 말하고 조용히 떠나자고 결심했습니다. 그러나 비밀은 유지되기 어려운 법. 이별 하루 전, 교과 선생님께서 아이들에게 발령 소식을 전해주셨고 놀라서 달려온 아이들은 교무실에서 울음을 터트렸습니다.

    아이들에게 상황을 설명하고, 진정시킨 후 혼자 복도를 걸어가고 있었습니다. 그런데 창민이가 머뭇거리며 저에게 말을 걸어왔습니다. 제 기억이 맞다면 창민이가 먼저 말을 건넨 것은 처음이었습니다. 늘 제가 "창민이가 변할 거라고 믿어."라고 말하면 무심하게 스쳐 지나가던

신진선 교사를 꿈꾼 적은 없었습니다

아이가 처음으로 먼저 말을 걸어준 것입니다. 그리고 창민이 입에서 나온 말은 바로 "선생님, 저 때문에 힘들어서 가시는 거예요? 제가 잘할게요. 가지 마세요."였습니다.

자기 때문에 힘들어서 제가 떠난다고 생각을 한 것 같았습니다. 아이들이 몰려왔을 때 어쩔 수 없이 학교를 떠나야 하는 상황을 설명했지만 창민이는 그 이야기를 듣지 못한 모양입니다. 그날 창민이가 수줍게 건넸던 "가지 마세요."라는 말은 제 교직관을 형성하는 데 큰 영향을 주었습니다. 생활지도가 어려운 학생들을 만날 때에도 지치지 않고 지도할 수 있는 힘이 되어주었고, 교사로서 자부심을 느끼고 살아갈 수 있는 토대가 되었습니다.

사실 "창민아, 선생님이 너 믿는 거 알지?"라고 말하면서도 제가 진짜 창민이를 믿었는지는 모르겠습니다. 사실 '믿는다'라는 말은 저희 어머니가 자주 해주시던 말입니다. 시험을 망치고 오는 날엔 "엄마는 우리 딸이 잘할 거라고 믿어. 다음에 잘하면 되지."라고 말해주셨고, 눈에 뻔히 보이는 거짓말을 할 때도 "엄마는 우리 딸을 믿어. 부모가 자식을 믿으면 자식은 잘될 수밖에 없대."라고 말씀해 주셨습니다.

어머니가 해주셨던 그 '믿는다'라는 말은 힘이자 족쇄였습니다. 어머니의 그 믿음은 방황하며 엇나가고 싶었던 사춘기 시절에도, 마음대로 삶을 포기하고 싶었던 순간에도 문득문득 머릿속을 스쳐 갔습니다. 그렇게 "우리 딸을 믿는다."라는 어머니의 말은 늘 힘들고 방황할 때마다 제자리를 찾아오게 하는 힘이자 족쇄가 되는 마법의 주문이었습니다.

2부 성장 멘탈 업데이트 중

그리고 "너의 변화를 믿는다."라는 제 말도 창민이에게 변화를 만들어 내는 힘이자 족쇄가 되는 마법의 주문이 되었던 것 같습니다.

학교를 떠나고 첫 담임을 했던 아이들에게 영상통화가 걸려 왔습니다. 화면이 꽉 차도록 바글바글 아이들이 얼굴을 드미는 사이 조심스럽게 멀찍이 서서 지켜보는 창민이의 얼굴이 보입니다. 아이들이 말합니다. "선생님, 요즘 창민이가 잘하고 있어요!" 하하하하. 너무 귀엽습니다. 아이들이 창민이를 전화기 화면 앞으로 밀어 넣습니다. 그러자 화면 앞에 선 창민이가 말을 걸어옵니다. "선생님 안녕하세요. 저 창민이에요. 기억하세요?"

'암요. 기억하다 마다요. 10년이 훨씬 지난 지금도 너를 기억하고 있단다.'

창민이의 변화는 누군가의 믿음이 진실로 사람을 변화시킬 수 있다는 확신을 주는 계기가 되었습니다. 창민이 이후에도 수없이 생활지도가 어려운 아이들을 만났지만 늘 그 '믿음'이라는 말로 크고 작은 변화를 만들어 낼 수 있었습니다. 이러한 경험들은 자연스레 교사로서 저의 능력을 믿고 저만의 교직관을 확립하며 보람과 성취를 느낄 수 있게 해주었습니다.

학생들에게 교사의 말은 양날의 검입니다. 어떤 말은 한 아이를 변

신진선 교사를 꿈꾼 적은 없었습니다

화시키는 생명의 말이 되지만 어떤 말은 변화의 싹을 짓밟는 죽음의 말이 되기도 합니다. 그렇기에 오늘도 한 아이의 변화를 만들어 내는 '믿음'이라는 마법의 주문을 학생들에게 건네려고 노력합니다.

혹시 아이들로 인해 마음이 지치셨나요? 그렇다면 오늘 단 한 명의 아이에게 믿음의 주문을 건네보세요. 작은 변화가 반드시 돌아올 겁니다.

사람은, 믿어주면 바뀝니다.

> 누군가를 신뢰하면
> 그들도 너를 진심으로 대할 것이다.
> 누군가를 훌륭한 사람으로 대하면
> 그들도 너에게 훌륭한 모습을 보여줄 것이다.
>
> 랄프 왈도 에머슨(Ralph Waldo Emerson)

선배님 죄송합니다

"선생님, 너무 예뻐요."
"선생님이 제 이상형이에요."
"선생님이 제일 좋아요."
"선생님 수업이 제일 재미있어요."

교사를 하다 보면 한 번쯤은 듣게 되는 이야기입니다. 특히 처음 교직에 막 들어섰던 몇 년간은 좀 부끄럽고 부담스러울 정도로 이런 이야기를 듣고 지냈습니다. 그냥 나라는 사람 자체를 좋아해 주는 학생들이 있어서 교직 생활이 참 행복했습니다.

가끔은 너무 과한 스승의 날 파티나 생일 파티로 인해 위화감이 조성될까 교무실에서 자랑은커녕 아무 말도 못 하고 혼자만 행복해하던 날도 있었습니다. 학급 아이들 전체가 몇 달에 걸쳐 노래와 춤 연습을 하고 저만을 위한 뮤직비디오를 제작하며 환갑잔치에나 받을 법한 생일 축하를 받은 적도 있습니다.

스승의 날엔 운동장에 드론으로 축하 현수막을 띄우려고 했다는 학급 아이들의 계획을 전해 듣기도 했습니다. 아이들의 계획을 듣게 된 교과 선생님께서 말리셨고, 결국 강당을 빌려서 거대 하트를 만드는 것으로 스승의 날 행사를 축소해서 진행한 것이라는 이야기였습니다. 이렇게 사랑받아도 되나 싶을 정도로, 내가 그런 자격이 있나 싶을 정도로 아이들에게 많은 사랑을 받았던 시절이 있었습니다.

그렇게 행복한 교직 생활을 하던 어느 날 복도에서 마주친 동교과 선배님이 이런 말을 건네셨습니다. "선생님은 젊어서 좋겠다. 애들이 좋아해 주고…." 삼십 대 후반 사십 대 초반쯤 되는 선배 교사의 뜬금없는 말에 어이가 없었습니다. 속으로 '아니 이게 젊은 거랑 무슨 상관이지? 내가 열심히 하니까, 아이들이랑 마음이 통하니까 애들이 좋아해 주는 거지. 본인이 열심히 하면 되는 걸 왜 나이를 탓해?!'라고 생각했습니다.

어느덧 시간은 흘러 복도에서 저에게 말을 건넸던 선배 교사 정도의 나이가 되었지요. 그리고 이제 그때 선배 교사가 건넸던 말씀을 이해하게 되었습니다. 인기가 있지도, 없지도 않은, 더 정확하게 말하면 아이들의 마음속에 굳이 인기도를 측정할 필요조차도 느끼지 못하는 그냥 아줌마 선생님이 된 현실을 자각하면서 말이지요. 하하하하.

처음 육아휴직을 마치고 돌아온 학교에서 느낀 낯선 감정과 상실감이 기억납니다. 그냥 역사 선생님, 친절한 아줌마 선생님 그 이상도 이하도 아닌 것처럼 나를 대하는 아이들의 말투와 눈빛에 이상하게 주눅이 들었던 순간을 말이지요. 요즘 애들이 이상하다며 아이들을 탓해보기도 하고, 수업 방식도 바꿔보고 알게 모르게 아이들의 사랑을 받지 못하는 상실감을 잊기 위해 다양한 노력을 했던 것 같습니다.

교직 초반 저를 보던 아이들은 신진선이라는 사람 자체에 관심이 많았습니다. 선생님이 무슨 옷을 입고, 어떤 액세서리를 하고, 어떤 슬리퍼를 신는지 관심을 가졌습니다. 무심코 샤이니 온유를 좋아한다고 말하면 관련 굿즈를 만들어 주었습니다. 클릭비라는 가수를 좋아한다고 했더니 클릭비 멤버가 DJ를 하는 라디오에 사연을 보냈고, 결국 방송국에 초청을 받아 좋아하는 연예인을 직접 만나볼 수 있는 기회를 만들어 주기도 했습니다.

육아휴직을 마치고 돌아온 저는 예전과 그대로였지만 아이들의 반응과 눈빛은 달려져 있었습니다. 달라진 아이들의 눈빛은 자연스레 저를 주눅 들게 만들었습니다. 나는 더 이상 예전만큼 아이들의 사랑을 받을 수 없는 것인가라는 좌절감과 상실감에 허우적대고 있던 어느 날이었습니다.

예전 선배 교사가 저에게 말을 걸었던 그 시절 제 모습처럼 막 교직에 입문한 이십 대 젊은 선생님이 복도를 지나가고 있었습니다. 그러자 아이들이 젊은 선생님 옆으로 달려가 팔짱을 끼며 이렇게 말했습니다.

"선생님, 너무 예뻐요."
"선생님이 제 이상형이에요."
"선생님이 제일 좋아요."
"선생님 수업이 제일 재미있어요."

신진선 교사를 꿈꾼 적은 없었습니다

'아! 그거였구나. 선배님이 하신 말씀이 그거였구나. 노력으로 되지 않는 거였구나. 나라는 존재 자체가 아이들의 관심이 되고, 나의 존재 자체가 아이들의 기쁨이 되는 그 빛나는 순간, 그때만 느낄 수 있는 거였구나.'

선배님도 아이들에게 존재만으로 사랑받던 시간이 있었겠지요. 그 시간을 지나 돌아올 수 없는, 그 빛나던 시간을 제 모습을 통해 추억하며 부러움과 아쉬움을 이야기하셨던 것 같습니다. 그리고 동시에 '이 또한 지나가리라.'라는 것도 알려 주셨지요. 그렇게 지금의 제 모습을 알지 못했던 저는 선배 교사의 말이 그저 노력하지 않는 자의 푸념처럼 들렸던 것입니다.

지금 빛나는 시간을 지나고 있는 후배 선생님들에게 말해주고 싶습니다. '카르페 디엠', 현재를 즐기라고요. 어쩌면 다시는 돌아오지 않을 당신의 젊음과 존재만으로도 아이들에게 사랑받는 그 시간을 즐기라고요. 그리고 초임으로서 열정이 가득한 지금. 아이들과 많이 만나고, 많이 사랑하고, 많이 사랑받으라고요. 그리고 그 시간이 여러분이 수십 년간 교직 생활을 하는 동안 만나게 될 수많은 어려움을 버틸 수 있는 힘이 되어 줄 것이라고요.

이제 저는 젊음은 사라지고 열정은 예전 같지 못한 선배 교사로서의 시간을 맞이하였습니다. 그러나 저는 후배님들이 아직 갖지 못한 경험과 연륜을 가지게 되었지요. 그렇기에 후배님들의 젊음과 열정이 채

위주지 못하는 아이들의 아주 작은 틈새를 공략하며 또 다른 분야에서 인정받고 사랑받는 선배 교사로서 거듭나려고 합니다.

그리고 이 글을 빌려 저에게 "선생님은 젊어서 좋겠다."라고 말을 건네셨던 선배님께 속으로 욕한 것에 대해 깊은 사과의 말씀을 드립니다.

"선배님. 제가 어리석었습니다. 지금 알고 있는 걸 그때도 알았더라면 절대 그렇게 생각하지 않았을 거예요!"

이 또한 지나가리라

전화위복(轉禍爲福) 재앙과 근심이 바뀌어 오히려 복이 된다.
새옹지마(塞翁之馬) 인생의 길흉화복은 변화가 많아서 예측하기 어렵다.
흥진비래(興盡悲來) 즐거운 일이 다하면 슬픈 일이 닥쳐온다.

신진선 교사를 꿈꾼 적은 없었습니다

교사를 꿈꾼 적은 없었습니다

"학교랑 안 맞아."
"진짜 선생님이랑 안 맞아."
"급식 먹었으니 집에 가면 딱 좋겠다."

아이들이 하는 말이냐고요? 아니요. 며칠 전까지도 제가 입에 달고 살던 말입니다. 교사가 된 지 20년이 다 되어가지만 아직도 교사라는 직업이 불편합니다. 사실 교사를 꿈꾼 적이 없었으니까요.

어린 시절 꿈은 경찰관이었습니다. 초등학교 1학년 때부터 경찰이 되기를 꿈꿔왔습니다. 중학교 1학년 도덕 시간, 인생 그래프를 그리는 활동에서 마흔 살에 대한민국 최연소 여자 경찰청장이 되겠다고 적었습니다. 현장을 누비다가 살인범을 검거하는 과정에서 장렬하게 죽음을 맞이하는 삶까지 그렸었죠. 지금 생각하면 우습지만, 당시 저는 매우 진지했습니다. 하지만 저질 체력과 느린 다리 탓에 경찰이 되는 꿈은 접어야 했지요.

경찰을 포기하고 새롭게 꿈꾼 것은 청소년 선도 사업가였습니다. 중학교 3학년 때 같은 반 친구 윤하 때문이었습니다. 소위 말하는 일진 학생이었던 윤하가 어느 날 반장이었던 저에게 고민 상담을 하고 싶다며 찾아왔습니다. 자퇴하고 싶다는 것이었지요. 온갖 이유를 들어 설득했지만, 이미 수차례 징계를 받고 학교생활에 부적응했던 윤하는 결국 학교를 그만두었습니다. 윤하가 학교를 그만둔 후 저는 청소년 선도 사업에 관심을 갖게 되었습니다. 그리고 사회복지학과로 대학 진학을 하겠다고 부모님께 말씀드렸습니다.

"네가 원한다면 허락하겠지만 다시 한번 생각해 봐라. 여자는 교사가 안정적이고 최고야."

그 시대 흔한 레퍼토리였죠. 그런데 '믿음의 족쇄' 때문이었을까요? 저는 부모님의 믿음을 저버리고 싶지 않았습니다. 고민 끝에 대안을 생각해 냈습니다. '어차피 청소년 선도 사업을 하려면 학교 현장 경험이 필요하잖아. 교사로서 경험을 쌓은 다음 장학사나 행정가가 되면 되는 거잖아!' 그렇게 사범대에 진학했고, 단 한 번도 교사를 꿈꾼 적 없던 제가 교사가 되었습니다.

교사가 된 후 가끔은 잠들기 전 이대로 시간이 멈췄으면 좋겠다고 생각했습니다. 학교에 가기 싫어서요. 아이들을 가르치는 제 모습은 맞지 않는 옷을 억지로 입고 있는 사람처럼 답답해 보였습니다. '이곳은

신진선 교사를 꿈꾼 적은 없었습니다

내 자리가 아니야.' 수업 준비를 하면서도, 아이들과 대화를 나누면서도 늘 그 생각이 머릿속을 맴돌았습니다.

하루는 옆자리 선생님이 본인이 진로 상담을 해주었던 학생이 고등학교에 적응하지 못하고 자퇴했다는 소식을 들었다며 괴로워했습니다. 자신이 적극적으로 학생과 학부모를 설득했는데 결과가 이렇게 되어서 너무 속상하다는 것이었지요. 그날 밤 저는 잠을 이룰 수 없었습니다. '진짜 선생님이 해준 말이 그 아이의 인생을 망친 것은 아닐까?'라는 생각 때문이었습니다. 교사의 선한 의도가 늘 선한 결과를 주는 것은 아니라는 걸 그때 알게 되었고, 그렇게 교직의 무게를 느끼며 괴로워했습니다.

가끔 동료 선생님들은 저에게 이런 말을 하곤 합니다.

"선생님은 교직이 정말 잘 맞는 것 같아. 애들하고도 잘 지내는 것 같고."

저는 웃으며 손사래를 칩니다.

"무슨 소리예요, 나랑 진짜 안 맞아."

한 인간의 삶에 부모님 다음으로 큰 영향력을 줄 수 있는 교사라는 직업의 무게는 너무 무겁습니다. 그 책임을 지기에 저는 부족한 사람이고요. 지금도 여전히 그렇습니다. 하지만 이런 고민에도 불구하고 저는 아직 교사의 삶을 살고 있습니다. 생각해 보면, 교사가 된 이상 교사가 꿈이었든 아니었든 그것은 중요하지 않았습니다. 교직을 그만 두기 전까지는 학생들의 긍정적인 성장을 위해 최선을 다하는 것이 맞으니까요.

비록 교사를 꿈꾸지는 않았지만 교사가 되어서도 꾸는 꿈이 있습니다. 청소년 선도 사업을 할 수 있는 행정가가 되는 꿈 말입니다. 그리고 포기하지 않았던 그 꿈은 2025년 서울시교육청 교육 전문 직원 선발 전형에 합격하면서 이루어졌습니다. 가수가 되고 싶었던 어린 시절의 꿈은 교사 뮤지컬 교육 연구회 '욜로' 활동을 통해 무대에 오르면서 현실이 되었습니다. 그리고 언젠가 내 이름이 적힌 책을 내고 싶다는 또 다른 꿈은, 지금 이 순간 교사로서의 삶을 기록해 나가며 이루어지고 있습니다.

이 글을 읽는 분 중에는 교사가 꿈이었고 그 꿈을 이룬 분도 계실 겁니다. 하지만 지금 선생님의 교실, 수업, 학생, 동료 교사의 모습까지 꿈꾸지는 않으셨을 겁니다. 저 역시 마찬가지입니다. 저는 아직도 학교가 불편합니다. 아직도 탈출을 꿈꿉니다.

그러나 교사를 꿈꾸었든, 꿈꾸지 않았든, 중요한 것은 지금입니다. 지금부터 꿈꾸면 됩니다. 토론 수업의 달인, AI-디지털 수업의 달인, 학생 상담의 달인도 좋습니다. 교사 연극배우, 교사 밴드 보컬도 좋습니다. 요리하는 선생님, 교사 재테크 달인은 어떻습니까. 선생님이 꾸는 꿈이 꼭 대단하지 않아도 좋습니다. 지금부터 꿈꾸면 됩니다.

힘들고 지칠 때, 내가 원하던 교직의 모습이 아니라고 느껴질 때도 새로운 꿈과 목표를 세우고 그것을 위해 달려간다면 우리에게는 지금의 어려움을 견뎌낼 힘이 생길 것입니다. 한 번도 꿈꾼 적 없으면 어떻습니까? 지금부터 꿈꾸면 됩니다.

선생님. 지금 당신의 꿈은 무엇입니까?

"All our dreams can come true, if we have the courage to pursue them."
"우리의 모든 꿈은 이룰 수 있습니다. 그것을 추구할 용기만 있다면요."

월트 디즈니(Walt Disney)

에필로그

심효은

교사의 날들, 빛깔이 다른 하루가 쌓여갑니다. 너무 힘들지만도, 너무 예쁘지만도 않은 날들. 그 사이를 버티고 지나며 조용히 새겨지는 이야기들이 있습니다. 교사로 살아온 무수한 하루들에 차곡차곡 쌓아둔 이야기를 꺼내어 봅니다. 어느 날은 학교가 숨 쉴 공간이 되어주고, 어느 날은 엉망진창인 하루를 겨우 붙잡기도 합니다. 이 이야기들은 특별한 누군가가 아닌 선생님 옆의 흔한 동료 교사 이야기입니다. 애씀과 배움, 성장과 멈춤, 그리고 기록. 오늘도 고군분투하며 하루를 살아낸 선생님의 일상 속에서 우리의 날들이 조용한 위로가 되기를 바랍니다.

이승현

교단에 처음 섰을 때, 저는 완벽한 교사를 꿈꿨습니다. 모든 학생이 즐거워하는 수업, 완벽한 학급 운영, 모든 학생을 변화시키는 힘. 하지만 신규 교사의 첫해는 저를 자꾸만 흔들었습니다. 아이들의 날카로운 말 한마디에 무너지고, 무기력한 교실 앞에서 좌절하고, 끝없는 자책 속에서 '이 길이 맞는가' 방황했습니다. 수업 준비에 고군분투하며 발견한 행복, 학생들에게 상처받고 치유받는 과정, 완벽함을 내려놓고 진

291
에필로그

심을 발견하기까지. 그 흔들림 속에서 깨달았습니다. 완벽하지 않기에 학생들과 더 솔직하게 마주할 수 있고, 부족하기에 끊임없이 배우며, 좌절하기에 작은 행복에 더 깊이 감사하게 된다는 것을요. 이제는 압니다. 완벽하지 않아도 괜찮다는 것을, 진심이면 충분하다는 것을.

이선아

오늘도 실수할 거예요. 부족할 거예요. 그래도 괜찮아요. 그게 바로 저니까요. 완벽한 선생님이 되어야 한다고 믿었던 시절이 있었습니다. 하지만 교실은 늘 예측할 수 없었고, 매일의 하루가 새로운 배움이었어요. 초임 때부터 10년 차 부장님처럼 보이고 싶어 노력했던 제가 어색했고, 음악 시간에 노래 연습을 아이들과 할 땐 옛날 음악 시간 노래가 제일 싫었던 제가 떠올랐습니다. 그래서 이 글을 씁니다. 완벽하지 않아도 괜찮다고, 실수 속에서도 함께 성장한다고 말해주고 싶어요. 우리는 여전히 배우는 중이고, 자라나는 중이니까요. 오늘도, 내일도, 선생님도 학생도 함께 걸어가요.

이윤정

변화에 대한 적응이 서툰 사람입니다. 계절의 변화에 적응해야 하는 환절기에 반드시 감기를 앓습니다. 매 학기, 매 학년 달라지는 학교에 적응하는 것에, 하루하루 변화무쌍한 아이들에게 적응하는 데 서툴다 보니 마음의 감기를 앓습니다. 계절의 변화에 적응하지 못해 감기에 걸릴 때는 처방전을 받아 약을 지어 먹고, 며칠 푹 쉬면 괜찮아지는

선생님은 멘탈 업데이트 중

데, 학교에서 겪는 변화에 적응하지 못할 때는 처방전을 받아 약을 지어 먹을 수 있는 곳이 없더라고요. 교사로 살아간다는 건 학교의 변화무쌍한 날씨에 아파질 때마다 자기만의 처방전을 고민하고 스스로 치유해 가는 방법을 알아가는 과정인 것 같습니다. 여전히 서툴지만 제 나름의 처방전을 만들어 가는 이야기가 당신의 마음에 닿길 바랍니다.

허채란

마음이 닿는다는 건, 말보다 느린 온도로 서로를 이해하는 일입니다. 삐뚤빼뚤한 글씨로 서툴게 써 내려간 글을 읽으며 아이들의 마음을 들여다봅니다. 말로는 다 하지 못한 생각과 솔직한 감정을 읽으며 아이들의 마음을 헤아려봅니다. 글을 읽으며 한 걸음 한 걸음 천천히 나아갑니다. 빨리 걸으라고 재촉하지 않고, 아이들의 속도에 맞춰 함께 걸어 봅니다. 때로는 함께 웃고 때로는 한 줄의 글에서 마음이 아프기도 하지만, 그래도 조금씩 자라고 있다는 걸 압니다. 따스한 마음이 닿는 자리마다 천천히 피어날 것을 믿습니다.

이고은

매년 교실에서 아이들을 만납니다. 새로운 이름을 부르고, 그 이름들 속에서 또 다른 세상을 배웁니다. 교실의 모든 날이 환한 것은 아닙니다. 때로는 지치고, 마음이 닿지 않는 순간들도 있습니다. 그럼에도 불구하고, 다시 교실 문을 엽니다. 사람을 위한, 사람을 향한, 아이들을 만나는 일이란 참 소중한 일입니다. 빠르게 변화하는 세상이지만 변하지 않는 가치를, 그리고 교육이 만들어가는 조용한 변화를 믿습니다. 별보다 빛나는, 각자의 빛으로 다채롭게 어우러진 별빛 교실에서 오늘도 저는 아이들과 함께 살아갑니다. 교실에서 느꼈던 설렘과 아이들 속에서 발견한 작은 기쁨들을 떠올렸습니다. 이 글이 작은 울림이 되어 또 하나의 영감이 되길, 그리고 그 초심과 만나 새로운 빛으로 이어지길 바랍니다.

정예진

교사로 산다는 것은, 끊임없이 마음을 건네는 일입니다. 때로는 그 마음이 닿지 않더라도, 다시 내면을 채워 넣으며 하루를 버텨내야 합니다. 스무 해가 넘는 시간 동안 교단에 서며 배웠습니다. 열심만이 정답이 아니며, 두려움 속에서도 멈추지 않는 걸음이 결국 지속 가능한 성장을 만든다는 것을요. 이 글은 그 모든 시간 속, 교직의 기쁨과 고단함 사이에서 다정함을 지켜내려 한 성장의 기록입니다. 여러 어려움 속에서도 다시 교실 문을 여는 용기를 내는 선생님들께, 저의 솔직한 고백이 작은 위로와 깊은 공감이 되기를 바랍니다. 오늘도, 따뜻한 마음을 잃지 않기 위해 걸어가는 동료 선생님들께 이 이야기를 전합니다.

전수민

긴 경력에도 여전히 흔들립니다. 학생들의 말 한마디에 웃고, 또 무너지기도 합니다. 하지만 그 흔들림 속에서 다시 자신을 세우고, 마음의 중심을 찾아갑니다. 때론 지치고 누군가의 말에 상처받으며 작아지기

선생님은 멘탈 업데이트 중

도 하지만 교단에 서는 순간 다시 마음이 뜨거워집니다. 아이들의 눈빛 속에서 희망을 발견하고, 작은 성장을 함께 기뻐하며 하루를 견딜 힘을 얻습니다. 흔들려도 괜찮습니다. 아이들 곁에 서 있는 한 우리는 이미 빛나고 있으니까요.

조승연

교사의 하루는 흔들림의 연속입니다. 지치고, 상처받고, 다시 일어서며 우리는 우리의 존재와 그 가치를 확인합니다. 그리고 그 견딤 속에서 조용히 자신만의 의미를 만들어 갑니다. 힘듦은 우리를 무너뜨리지 않고, 오히려 스스로를 만들어갑니다. 힘드신가요? 우리가 살아가고 있다는 뜻이며, 포기하지 않았음의 증거이며, 성장의 증거입니다. 흔들리더라도 괜찮습니다. 그 흔들림 속에서 우리는 여전히 교사로, 한 사람으로 자라나는 중이니까요. 그러니 잠시 쉬어가도 괜찮습니다. 흔들린 만큼 다시 자라는 존재이기에. 오늘의 당신은, 여전히 아름답게 성장하는 중입니다. 그리고 우리의 성장을 통해, 학생도 함께 성장 중입니다.

신진선

한 번도 교사를 꿈꾼 적 없지만, 누구보다 열심히 교사로 살아가고 있습니다. 어린 시절 사람들이 "너는 꿈이 뭐니?"라고 물으면, 저는 그것을 '인생의 마지막 순간에 도달하고자 하는 지점'이라고 받아들였습니다. 그러나 살아보니 꿈이란 하나를 달성하면 또 다른 꿈이 생기고, 오늘 꾼 꿈이 내일의 현실이 되어 시시각각 변화하는 것이었습니다. 그리고 매일 꿈꾸는 사람만이 행복하게 살 수 있다는 것도 알게 되었습니다. 그래서 저는 교사를 꿈꾼 적은 없지만, 학교라는 공간에서 매일 꿈꾸는 아이들을 만나며, 그 속에서 교사가 아닌 신진선이라는 한 사람으로 매일 꿈꾸며 살아갑니다.

조주혜_Illustrator

숲은 언제나 조용한 마음을 품고 있습니다. 보이지 않던 길이 열리고, 스스로 만들어낸 어둠 속에서도 어딘가로부터 한 줄기 빛이 스며옵니다. 교사의 길도 이와 닮아 있습니다.

흔들렸던 순간도, 멈춰 서 있던 날도 결국은 빛을 향해 걸어가게 만드는 힘이 있습니다. 작은 인물은 바로 '우리'입니다. 작지만 충분히 단단한 마음으로, 오늘도 다시 한 발 내딛는 사람들. 이 책의 마지막 페이지에서 당신의 발걸음도 조금은 가벼워졌기를 바랍니다.

우리가 걸어가는 길 위에는 언제나 보이지 않는 빛이 함께하니까요.

선생님은 멘탈 업데이트 중